Monika Lorenz

Als die roten Schuhe
zu Asche wurden

Monika Lorenz

Als die roten Schuhe zu Asche wurden

Bibliografische Information der Deutschen Nationalbibliothek:
Die Deutsche Nationalbibliothek verzeichnet diese
Publikation in der Deutschen Nationalbibliografie;
detaillierte bibliografische Daten sind im Internet
über http://dnb.dnb.de abrufbar.

© 2024 Monika Lorenz
Korrektorat: H. M. Lorenz
Cover: BoD Team Buchdesign
Herstellung und Verlag: BoD – Books on Demand,
Norderstedt
ISBN: 978-3-759714-92-3

Inhaltsverzeichnis

Kapitel 1: Krieg

Kapitel 2:
Der Krieg ist aus, das Leben geht weiter.

Kapitel 1: Krieg

Dröhnende Flugzeuge
werfen leuchtende Bäume
Über die Stadt
Bomben krachen
Feuer-Häuser bersten
Rauch und Schatten überall
Kind im Keller singt

Gegen die Angst

Ascheregen

Der Morgen Ende März war sonnig, es lag schon Frühling in der Luft. Doch es war noch immer Krieg, der Zweite Weltkrieg. Die Menschen gingen hastig ihren täglichen Beschäftigungen nach, um die Zeit zu nutzen, denn sie wussten, dass jeden Augenblick die Sirenen zu heulen anfangen konnten und sie schnellstens Schutzräume aufsuchen mussten. So waren sie es gewohnt, alles schnell und umsichtig zu erledigen.

Es war um die Mittagszeit als die Sirenen heftig heulten. Auf und abschwellend war der Ton und alle Menschen rannten zu den schutzgebenden Bunkern oder Kellern. Sehr schnell, viel zu schnell war das immer lauter werdende Brummen der Flugzeugmotoren zu hören. Schon waren sie über der Stadt. Ein riesiges Geschwader verdunkelte den Himmel. Ein entsetzlicher Bombenregen fiel auf die Stadt. Sie kamen überall herunter. Brand-, Sprengbomben, Luftminen. Schauriges Krachen und Kreischen dröhnte. Häuser stürzten ein, riesige Feuer loderten in den Himmel. Menschen, die noch keinen

Unterschlupf gefunden hatten, rannten um ihr Leben. Doch sie kamen nicht weit. Um sie herum explodierte die Stadt. Häuser stürzten auf sie, begruben sie unter den herunterregnenden Trümmern. Feuerbrünste rissen Menschen durch ihre große Kraft vom Boden und direkt in die brennenden Häuseröffnungen hinein. Sie wurden richtig hineingesogen in die Feuerhölle. Es gab kein Entrinnen. Die ehemals schöne Altstadt mit den hölzernen Fachwerkhäusern in den schmalen Gassen, weltweit berühmt, ging in einem Höllen-Inferno zugrunde. Nur eine alte Frau, die sich vor lauter Angst und Schrecken eingenässt hatte und deren Röcke dadurch nass waren, konnte geschützt durch ihre nassen Röcke dem Rand der Feuerhölle entfliehen und entkam dem fürchterlichen Entsetzen. Am Zimmerplatz blieb die große Normaluhr um kurz vor halb Zwei Uhr stehen. Oben am Galgenberg hatten sich Menschen im Wald versteckt, um nicht in den Kellern der einstürzenden Häuser verschüttet zu werden. Sie erzählten später: Es war erst Nachmittag, doch der Himmel war schwarz, die Sonne leuchtete als blutroter Ball durch die Schwärze. Entsetzlich war der schwarze Ascheregen, der über der gesamten Stadt und dem Wald ringsherum herunterregnete. Ein kleines Mädchen fing eine halb verbrannte Postkarte auf. Die Adresse, die noch einigermaßen zu lesen war, stammte vom Domhof. Das war mitten in der Stadt und einige Kilometer weit entfernt von der Stelle am Galgenberg, wo das Mädchen die Karte fand.

Diesen grauenhaften Anblick des schwarzen Himmels mit der blutroten Sonne und dem schwarzen Ascheregen, dieses Entsetzen über das Unbegreifliche, das um sie herum geschah, hat das kleine Mädchen niemals vergessen. So etwas prägte sich tief in das Gedächtnis ein und an jedem Sylvester, wenn die Raketen und Böller knallen, tauchen in dem Mädchen, das nun zur alten Frau geworden ist, wieder die Erinnerungen an diese schaurigen Bilder vom damaligen Großangriff auf ihre Heimatstadt auf.

Störrisches Kind

Die beiden Mädchen schliefen fest in ihren Bettchen. Es war bereits tiefe Nacht. Da schrillten die Sirenen los. Auf und ab, auf und ab ging ihr durchdringendes Geheule. Die Mutter stürzte aus ihrem Bett. Ganz schwindelig war ihr, doch sie eilte zu den Betten der beiden Mädchen.

„Steht auf, schnell, schnell, aufstehen, aufstehen, wir müssen in den Keller." Die Zweijährige weinte, sie verstand gar nicht, warum sie aus ihrem Schlaf gerissen wurde. Die Größere drehte sich auf die andere Seite.

„Lass mich", nuschelte sie. Die Mutter rüttelte sie.

„Steh auf, schnell, schnell, du kannst im Keller weiterschlafen", rief sie. Das Mädchen wand sich hin und her.

„Lass mich in Ruhe", rief sie. Sie wollte nur weiterschlafen. Sie war so müde. Jede Nacht das Gleiche. War sie gerade fest eingeschlafen, kam der Alarm und riss sie alle aus dem Schlaf. Übermüdet waren sie jeden Tag und dann noch in die Schule gehen. Wer sollte das aushalten. Sie wollte jetzt nicht aufstehen, ganz und gar nicht, egal, was die

Mutter sagte. Sie wollte schlafen, endlich einmal eine Nacht durchschlafen. Sollten die blöden Bomber doch kommen. Die Mutter riss an ihrem Arm

„Steh endlich auf, ich höre schon das Brummen der Flugzeuge", rief sie. Das Mädchen wehrte sich gegen den festen Griff der Mutter,

„Lass mich" schrie sie. „laß mich in Ruhe, ich will schlafen". Die Mutter zerrte und riss und beschwor die Tochter doch endlich aufzustehen.

„Es ist schon viel zu spät, gleich schließen sie die Türen vom Luftschutzkeller und wir kommen nicht mehr hinein". Beide, Mutter und Tochter weinten und schrien jetzt. Die Mutter zerrte, das Mädchen klammert sich am Bett fest. Die Kleine weinte noch mehr, sie verstand gar nichts, nur dass die Mutter sehr zornig wurde, und das machte ihr noch mehr Angst. Die Mutter setzte die Kleine ab, zog an der Größeren und versuchte sie aus dem Bett zu bekommen. Doch das Mädchen krallte sich an den Bettpfosten fest, schrie und trat mit den Füßen nach der Mutter. Sie hatte schon manches Mal ihren „Bock" gehabt, doch jetzt ging es um Leben und Tod und die Mutter konnte nicht nachgeben, sie mussten in den sicheren Luftschutzkeller. Doch das Mädchen gab nicht nach, wurde immer bockiger und schrie immer lauter. Von unten im Haus kamen schon die Rufe, sie sollten sich beeilen, die Türe müsste geschlossen werden. Die Mutter war verzweifelt, jede Nacht das gleiche, immer wurden sie aus dem Schlaf gerissen. Auch sie war übermüdet und erschöpft. Was sollte sie noch machen? Dann riss ihr der Geduldsfaden, sie wurde sehr zornig.

„Dann bleibst du eben hier oben, wenn du nicht aufstehen willst", rief sie, schnappte sich die Kleine und den Rucksack und rannte aus der Kammer. Mit großen Schritten, mehrere Stufen auf einmal nehmend, stürmte sie die Treppe aus dem 2. Stock hinunter in den Keller. Gerade noch rechtzeitig, dann schlossen sich die Türen hinter den Beiden. Völlig erschöpft ließ sich die Mutter auf die Holzbank fallen. Tränen strömten ihr aus den Augen. Vor Verzweiflung, Erschöpfung und großer Angst. Jetzt erst kam ihr zu Bewusstsein, was sie gemacht hatte. Sie hatte ihr Kind allein in der Wohnung zurückgelassen. Oben gleich unter dem Dach, ausgesetzt jeder Bedrohung und Gefahr. Wie leicht konnte eine Luftmine durch das Dach in die Wohnung fallen und alles zerstören. Gar nicht zu denken an eine große Bombe, die das ganze Haus zerstören konnte. Wie konnte sie weiterleben, wenn ihr Kind, das sie zurückgelassen hatte und damit nicht geschützt, sein Leben verlor. Wie konnte sie das nur fertiggebracht haben. Ja, der Zorn, die Verzweiflung und die Erschöpfung hatten sie übermannt. Die Kleine war ja auch noch da und ihr eigenes Leben? Sie musste doch auch für die Kleine sorgen, konnte nicht immer der Großen in deren Zorn und Trotz nachgeben. Doch diesmal, das war etwas anderes, hier ging es um Leben und Tod. Voller Verzweiflung schluchzte sie in ihre Hände. Die Kleine saß vor lauter Schreck über diese Situation völlig still und eingeschüchtert mit weit aufgerissenen Augen neben ihr. Sonst war gerade dieses Kind immer der Lichtblick für alle im Keller gewesen, weil sie trotz der Angst der Erwachsenen, die sie noch gar nicht verstand, immer ihre Kinderliedchen gesungen hatte. Einfach so vor sich hingesungen. Das hatte den Erwachsenen im Keller ein kleines Lächeln in diesen so schweren Zeiten auf die Gesichter gezaubert und ein wenig von der großen Angst genommen. Jeder freute sich, wenn die Kleine im Keller bei ihnen war und mit ihrem dünnen Stimmchen ihre Liedchen sang. Doch diesmal war sie schockstarr. Die Schwester war nicht bei ihnen, die Mutter war zornig gewesen und nun weinte sie haltlos. Das nahm der Kleinen jede Sicherheit und sie hatte so große Angst, sie verstand ja gar nicht, was da oben abgelaufen war, nur, dass die Schwester sich so gewehrt hatte und nicht aufgestanden war, „bockig" eben.

Nach langem Schrecken kam endlich der langgezogene Ton der Sirenen, „Entwarnung". Sie durften den Keller verlassen. Die Türen öffneten sich. Vorsichtig schaute zuerst der Luftschutzwart aus der geöffneten Tür. Das Haus stand noch. Die Kellertreppe war zwar mit Staub und Mörtelbrocken übersät. Er stieg die Treppe hinauf, sah, dass die Haustür offenstand. Auch das Nachbarhaus war noch da. Überall lagen Glassplitter und Mauerstücke herum. Herabgefallene Ziegel lagen auf dem Fußweg, doch auch die anderen Häuser der Straße standen noch. Nur ein Haus schräg gegenüber war von einer Luftmine getroffen und eingestürzt. Das war schlimm. Doch die anderen Häuser hatten weiter nichts abbekommen, außer, dass durch den Luftdruck der Mine Fensterscheiben zu Bruch gegangen und Ziegel vom Dach heruntergefallen waren. Die Mutter ließ sich nicht aufhalten. Ohne einen Blick auf die Straße zu werfen, eilte sie mit Riesenschritten, mehrere Stufen auf einmal nehmend die Treppe zu ihrer Wohnung hinauf. Alles war still. Sie hörte keinen Laut. Was war mit ihrer großen Tochter? Sie riss die Kammertüre auf, schaute auf die Betten. Sie waren leer. Wo war die Große?

„Lieber Gott, lass sie noch am Leben sein", betete die Mutter. Schnell schritt sie in die Kammer. Im Bett war die Große nicht, auch nicht darunter. Wo war sie? Die Augen der Mutter suchten überall in der Kammer. Doch alles blieb leer.

Da hörte sie ein leises Wimmern. Es kam aus der Ecke zwischen Schrank und Wand. Sofort stürzte die Mutter dort hin. Da saß das Mädchen in sich zusammengesunken, den Kopf zwischen die Knie gesteckt und wimmerte leise vor sich hin. „Gottseidank sie lebt noch", dachte die Mutter, sank auf die Knie und riss das Mädchen in ihre Arme. Die machte sich zuerst ganz steif. War sie doch noch immer schockiert, dass ihre Mutter sie in diesem furchtbaren Dröhnen und Krachen, Bersten und Schrillen ganz allein in ihrem Bett gelassen hatte. So furchtbar war das für sie gewesen, sie hatte einen solch riesigen Schock bekommen. Ihr Lebtag würde sie das nicht vergessen. Auch die Mutter weinte nun vor Erleichterung und drückte das Mädchen ganz fest an sich. Sie lebte noch und sie hatte dieses furchtbare Wüten überstanden. Nie, nie wieder würde sie ihre Tochter allein lassen. Alles würde sie in Bewegung setzen, um ihre beiden Kinder zu schützen. Die Mutter nahm sich vor, nicht mehr in den Keller zu gehen. So sicher kam es ihr dort nicht mehr vor. Sie hatte von einigen Häusern gehört, die über den Kellern eingestürzt und deren Eingänge verschüttet worden waren, so dass die Menschen, die in den Kellern Schutz gesucht hatten, nicht mehr ins Freie kommen konnten. Was brachte es, wenn es auch Durchgänge zu den Nachbarhäusern gab, wenn diese ebenfalls zerstört und auch deren Eingänge verschüttet waren. Eine tödliche Falle für die Menschen.

Beim nächsten Angriff wollte sie schon früh genug mit den beiden Mädchen in den nahen Wald laufen und sich dort verstecken. Das schien ihr sicherer zu sein. Dort konnten sie wenigsten nicht verschüttet werden. Und, nie wieder wollte sie trotz Erschöpfung und Verzweiflung so zornig werden, dass sie die Mädchen sich selbst überlassen würde.

Lebenslang war diese Situation für beide, Mutter und Tochter, ein Trauma, das sie nie vergessen konnten.

Absturz

Die Sirenen heulten wieder ihre schaurigen Töne. Auf und Ab, Auf und Ab. Den Menschen drang der Ton in die Knochen. Es hörte nicht auf, jetzt schrillten schon Tag und Nacht die Sirenen. Immer öfter war Fliegeralarm, die Flugzeuggeschwader mit ihrer tödlichen Fracht verdunkelten selbst tagsüber den Himmel.

Auch heute am frühen Abend war es wieder so weit. Die Menschen rannten und suchten die schützenden Räume auf. Die Mutter mit den zwei Mädchen wollte nicht wieder in einen Keller gehen. Zu oft hatte sie von den Verschütteten in den Kellern, die nicht mehr herauskonnten, gehört. Sie setzte schnell ihre Kleine in die Kinderkarre. Den immer gepackten Rucksack mit Proviant und Ersatzkleidung schnallte sie sich auf den Rücken. Die Tasche mit den wichtigen Papieren hing sie sich um den Hals und versteckte sie unter dem Mantel. Ihre größere Tochter bekam den kleinen Rucksack auf den Rücken und in Windeseile rannten sie aus dem Haus, die Straße hinauf in den nahen Wald. Erst am Waldrand angekommen blieben sie einen kleinen Moment zum Luftholen stehen, dann liefen sie tiefer hinein in den Wald. An einer Tannenschonung angekommen, blieb die Mutter stehen, suchte zwischen den Bäumen einen Platz und fand eine versteckte kleine Kuhle, die dicht mit abgefallenen Tannennadeln bedeckt war. Hier konnten sie bleiben. Die Mutter breitete eine Decke auf den weichen, dichten Tannennadeln aus und die Mädchen legten sich gleich auf das weiche Bett. Zur Not konnten sie hier auch die Nacht verbringen. Es war weich und die Nächte waren nicht mehr so kalt. So versteckt, würde sie keiner finden und für die Bomber war Wald kein lohnendes Ziel, so dass ihnen auch von oben keine Gefahr drohte. Das Kreischen, Krachen und Bersten über der Stadt war hier leiser zu hören und machte ihnen weniger Angst als in ihrem Keller in der Stadt. Hier fühlten sie sich sicherer. Die beiden Mädchen spielten noch eine Weile, aßen ihre mitgebrachten Brote und dann fielen ihnen die Augen zu. Müde waren sie immer. Jede Nacht heulten die Sirenen, manchmal sogar mehrmals. Immer wieder wurden sie aus dem Schlaf gerissen und mussten schnell die Schutzräume aufsuchen. Am Morgen ging dann wieder der Tag mit allen notwendigen Arbeiten los. Doch heute Abend dachte das größere Mädchen nicht an den nächsten Tag und an die Schule. Alle Drei waren zufrieden, hier in dem weichen Nest der Tannenschonung einen Platz gefunden zu haben, an dem sie sich sicher fühlten. Auch die Mutter legte sich zu den Mädchen, um einen Moment auszuruhen. Schlafen durfte sie nicht. Sie musste aufpassen, dass nicht doch irgendetwas ihre Ruhe stören würde. Einige Stunden hatten sie in ihrem ruhigen Versteck zugebracht.

Dann ein KNALL !!!

Die Drei schreckten hoch. Die Kleine weinte, die Große fragte mit schreckgeweiteten Augen

„Mama, was war das?". Die Mutter lauschte mit klopfendem Herzen. Der Knall war nicht weit von ihnen entfernt. Was konnte hier im Wald so einen Knall ausgelöst haben? Nun hörten sie noch andere Geräusche, es knisterte und knackte immer lauter. Das hörte sich überhaupt nicht gut an. Dabei hatte die Mutter doch gedacht, hier im

Wald wären sie sicher. Schnell packte sie alle ihre Sachen in den Rucksack, setzte die. Kleine in die Kinderkarre, nahm die Große an die Hand und flüchtete aus der Tannenschonung. Sie lief bis zur nächsten Straße, die am Waldrand entlang verlief. Hier blieb sie stehen und erst hier traute sie sich zurückzublicken. Was sie da sah, ließ ihr das Blut gefrieren. Nicht weit von ihrem Platz in der Tannenschonung entfernt schlugen Flammen meterhoch aus dem Wald. Das Prasseln und Knacken des Feuers hatte sie bis hierher verfolgt. Gab es denn keinen Platz mehr, an dem man einigermaßen sicher sein konnte? Nun waren sie schon aus der Stadt hier in den Wald geflohen und jetzt holte sie das entsetzliche Feuer auch hier ein.

Später erfuhren sie, dass ein feindliches Flugzeug in den Wald abgestürzt war und sofort in Flammen aufgegangen war. Der Pilot hatte sich wohl vorher aus dem Flugzeug absetzen können und so war das Flugzeug ohne Besatzung in den Wald gestürzt und dort in Flammen aufgegangen. Und sie hatten sich in ihrer Tannenschonung so sicher gefühlt, doch der Tod war so nah gewesen. Was zählte, sie hatten überlebt

Mut ist gefragt!

Eine Luftmine hatte das gesamte Haus schräg gegenüber getroffen. Nur eine Ruine war davon übriggeblieben. Diese Luftmine hatte auch in der Nachbarschaft einigen Schaden angerichtet. Zwar standen die Häuser gegenüber auf der anderen Straßenseite noch. Doch die Fensterscheiben waren zersplittert und die Scherben lagen auf der ganzen Straße verstreut. Von den Dächern waren straßenseitig viele Dachziegel heruntergefallen. Nicht alle waren zerbrochen, Gottseidank! So suchten die Anwohner dieser Straßenseite gleich nach der Entwarnung die noch heilgebliebenen Dachziegel zusammen, um damit ihre Dächer wieder zu sichern. Seit Tagen war das Wetter gut gewesen, aber man konnte nie wissen, wann der nächste Regen kommen würde. Dann mussten die Dächer wieder geschlossen sein, sonst würden nicht nur der Krieg mit den andauernd fallenden Bomben, sondern auch noch der Regen die bisher noch heilgebliebenen Wohnungen in den Häusern zerstören.

Das Dach unseres Hauses war teilweise abgedeckt. Meine Mutter und unser Großvater, schon hochbetagt und deshalb nicht zum Kriegseinsatz eingezogen, machten sich daran, so viele Ziegel wie sie nur finden konnten einzusammeln. Die Ziegel mussten viele Treppen hoch auf den Dachboden getragen werden. Das war für die Beiden schon eine anstrengende Arbeit, denn die vielen Dachziegel wogen schwer. Stunden später hatten sie so viele Ziegel wie sie brauchten eingesammelt und auf den Dachboden geschleppt. Manche hatten einige Macken, Ecken waren abgespalten oder kleinere Risse durchzogen die Ziegel. Doch es musste trotzdem ausreichen, solange sie nur das Dach dicht machen konnten. Schön brauchten sie nicht zu sein. Dann kam der schwierigste Teil. Der Großvater konnte auf gar keinen Fall auf die Dachstreben steigen, um die Ziegel wieder einzuhängen. Die Mutter war zwar eine mutige Frau, doch in so einer Höhe, das Haus hatte immerhin drei Stockwerke und noch den Dachboden darüber, hatte sie noch nie gestanden. Was sollten sie machen? Das Dach musste gedeckt werden, da gab es gar nichts anderes und die Männer, die Familienväter, die sonst im Haus die Reparaturen vorgenommen hatten, waren im Krieg an der Front. Wann sie wieder einmal Heimaturlaub bekommen würden, stand in den Sternen. Die Mutter überlegte, der Großvater wollte sie so gut es ging unterstützen. So wurde die große Leiter geholt und die Mutter stieg auf das Dach hinaus. Sie verbot es sich, nach unten zu schauen. Sie wusste, es würde ihr sicherlich schwindlig werden und das konnte sie nicht gebrauchen. Jetzt war Mut angesagt!!! Mit einer Hand krallte sie sich an den über ihr liegenden Dachsparren fest und mit der anderen griff sie den Ziegel, den ihr der Großvater anreichte. Sie setzte den ersten Ziegel an seinen Platz. Das wäre schon einmal geschafft. Schweißtropfen standen auf ihrer Stirn. Nun kam der zweite Ziegel an die Reihe. Großvater reichte ihn wieder an und Mutter setzte ihn ein. Geschafft. Langsam wurde sie sicherer. Und so ging es Hand in Hand. Großvater reichte an, Mutter setzte ein. Doch das Dach hatte nicht nur eine gerade Seite, nein, wie die Häuser der Jahrhundertwende 1900 so gebaut waren, hatte das Dach hier eine große Gaube, dort zwei kleinere. Und zum Durchgang zwischen den beiden Nachbarhäusern hatte es keinen Überhang, so dass die Mutter in die Tiefe schauen musste. Das war gefährlich. Sie fing an zu zittern, ihr wurde schwindelig und der Magen flatterte. Schnell stieg sie vom Dach auf die Leiter und hinunter auf den Dachboden. Sie musste erst einmal tief durchatmen. Es war doch schwieriger als sie gedacht hatte. Doch der Großvater sprach ihr Mut zu und bestärkte sie immer wieder, wie gut sie es doch schon gemacht hatte und einige Löcher inzwischen mit den Ziegeln zugedeckt waren. Noch ein paar Mal Luftholen, dann konnte die Mutter wieder auf die Leiter steigen und die nächsten Ziegel annehmen und auf die Dachsparren legen. Ganz langsam wurde es auf dem Dachboden dunkler. Das war ein gutes Zeichen, denn der Himmel war nun kaum noch durch das offene Dach zu sehen, weil die meisten Löcher inzwischen gedeckt waren. Irgendwann am Nachmittag, war es dann endgültig geschafft. Alle Ziegel, die sie halbwegs heile gefunden hatten, waren auf dem Dach eingehängt und das Dach somit wieder dicht geworden. Großvater und Mutter konnten aufatmen. Erschöpft ließen sie sich auf dem

Dachboden nieder. Das war eine sehr schwere Arbeit gewesen, für Beide. Auch die Arme des Großvaters waren von dem Anreichen der schweren Ziegel müde und lahm geworden. In den nächsten Tagen würde er sie kaum heben können. Mutter wischte sich den Schweiß von der Stirn und den Staub der Ziegel aus den Haaren. Müde, aber überglücklich stiegen die Beiden vom Dachboden herab und gingen zur Großmutter. Die hatte schon eine heiße Suppe für die beiden Schwerarbeiter gekocht und nun saßen sie zusammen in der Küche und waren froh, wieder „ein Dach über dem Kopf" zu haben.

Noch lange wurde die Mutter für ihren großen Mut, auf ein so hohes Dach zu steigen, gelobt. Doch wenn etwas sein muss, bekommt man auch die Kraft dazu.

Geburtstagstorte eines kleinen Mädchens

Am 22. März 1945 hatte die kleine Elli Geburtstag. Doch es war schon lange Krieg. Ihre Mutter hatte so viel Mehl, Zucker und Fett quasi vom- Munde abgespart, um daraus eine Geburtstagstorte für ihre kleine Elli zu backen. Sie freute sich schon auf das Gesicht der Kleinen, wenn sie die große Überraschung bekam. Eine Torte oder einen Kuchen hatte es schon lange nicht mehr gegeben. Dafür reichten einfach die wenigen Lebensmittel nicht, die die Frau, inzwischen Kriegerwitwe, bekam. Dass sie diese Torte ihrer kleinen Tochter schenken konnte, war etwas ganz Besonderes. Mit großen, vor Überraschung strahlenden Augen stand die kleine Elli am Morgen vor ihrem Geburtstagsgeschenk, der Torte.

„Mama, darf ich ein Stück Torte haben?" fragte sie.

„Nein, jetzt darfst du sie dir nur anschauen, aber heute Nachmittag, wenn unsere Gäste kommen, dann gehört dir das erste Stück." Die kleine Elli war zwar etwas enttäuscht, doch sie freute sich schon sehr auf den Nachmittag und stellte sich immer wieder vor, wie diese wundervolle Torte wohl schmecken würde.

Die Sirenen heulten laut und unüberhörbar. Wieder gab es Alarm. Alle rannten so schnell sie konnten in die nächstgelegenen Schutzräume. Auch die Mutter und Elli rannten in den nächsten Bunker. Mitnehmen konnte man nur das Allernötigste, einen gepackten Rucksack, eine Tasche mit den wichtigen Papieren. Die Geburtstagstorte blieb zurück. In den Schutzräumen saßen die Menschen dicht gedrängt und hofften, dass sie nicht von Bomben getroffen würden. Irgendwann gaben die Sirenen Entwarnung. Langsam öffneten sich die Bunkertüren. Der Luftschutzwart schaute zuerst hinaus. Was würden sie vorfinden? Wie sah ihre Umgebung aus? Standen die Häuser noch? Hatten sie überhaupt noch ein Zuhause? Die Stadt war schon öfter bombardiert worden und die Schrecken saßen tief in ihnen. Ganz furchtbar war, was sie zu sehen bekamen. Die Innenstadt lag vollkommen in Trümmern. Große Brände loderten überall. Entsetzen packte die Menschen. Die Häuser, die kurz vorher noch ihr Zuhause gewesen, waren nun flammende Ruinen, Sie sahen Häuserseiten mit klaffenden Fensterhöhlen und Schutt und Asche überall. Ein beißender Geruch hing über allem und nahm ihnen die Luft zum Atmen. Hitze und schwarzer Ascheregen hüllte sie rund herum ein. Erstarrt vor Schrecken standen die Menschen da. Von ihrer Straße war nichts mehr zu sehen, nur die Trümmer der zerbombten Häuser. Wo war ihre Wohnung, ihr Zuhause? Und die kleine Elli fragte:

„Wo ist meine Geburtstagstorte?". Der Mutter standen die Tränen in den Augen. Für die kleine Elli brach eine Welt zusammen. Sie hatte sich so sehr auf ihre Geburtstagstorte gefreut und nun war kein Krümelchen mehr davon da. Welch eine große Enttäuschung für so ein kleines Mädchen! Doch die Mutter hatte ganz andere Sorgen. Sie stand mit ihrer kleinen Tochter da und sie hatten nur noch das, was sie in den Bunker mitgenommen hatten. Alles andere lag verbrannt und begraben unter den Trümmern ihres eingestürzten Hauses. Wie sollte es nun weitergehen? Wo sollten sie hin? Wo die Nacht verbringen? Wo überhaupt wohnen? Wie sollte sie ihrer kleinen Tochter erklären, dass sie nicht mehr nachhause konnten? Dass sie kein Zuhause mehr hatten?

Stumm vor Entsetzen stand sie mit ihrer kleinen Tochter an der Hand da. Und die kleine Elli? Ihren Geburtstag hatte sie sich so ganz anders vorgestellt. Sie spürte die Angst der Mutter und so liefen ihr still die Tränen über ihr kleines Gesicht.

Nie in ihrem ganzen Leben würde sie diese Enttäuschung über ihre Geburtstagstorte vergessen. Hätte ihre Mutter ihr nur erlaubt, am Morgen ein kleines Stückchen von der wundervollen Torte zu probieren. Für ein kleines Mädchen wäre es ein Traum gewesen.

Noch im hohen Alter hatte Elli diese Enttäuschung nicht vergessen und noch immer spürte sie die Enttäuschung von damals.

Schulweg und ein Brikett

Jeden Morgen musste das Mädchen Ute früh aufstehen.

Jeden Morgen war es müde. Kaum eine Nacht konnte die Siebenjährige durchschlafen. Immer wieder heulten die Sirenen und es gab Alarm. Sie konnte sich gar nicht mehr vorstellen, wie es war, ausgeschlafen aufzustehen. Der Herd in der Küche war schon angeheizt und es war warm, wenn sie sich zu ihrem schmalen Frühstück an den Tisch setzte. Brot mit Marmelade, das gab es jeden Tag. Die Marmelade, aus den Früchten des eigenen Gartens gemacht, schmeckte gut. Margarine oder gar Butter gab es, wenn überhaupt, nur am Sonntag. Doch es war gut so. Sie hatten überhaupt etwas zu Essen und wohnten noch in einem nicht zerstörten Haus. Die kleine Ute packte ihren „Tornister" wie ein Schulranzen damals hieß, und machte sich auf den Weg zu ihrer Schule. Eigentlich war dieser Weg gar nicht so weit. Die Straße hinunter, an der Malzfabrik entlang, dann weiter am Friedhof und schon stand sie vor ihrer Schule. In dieser

Kriegszeit jedoch war alles anders. Die Schule in ihrer Nähe war jetzt zu einem Lazarett umgewandelt. Deshalb wurden alle Kinder auf andere Schulen in der Stadt verteilt. Ute ging nun auf eine Schule, die um einiges weiter entfernt in der Stadt lag. Diese Schule war noch nicht von Bomben getroffen worden und der Unterricht konnte fortgesetzt werden. Dieses „Vergnügen" dauerte jedoch nur ein paar Monate, dann wurde auch diese Schule von Bomben getroffen und zerstört. Also wurde wieder in eine andere Schule umgezogen. Sie lag noch weiter entfernt in der Nähe des Bahnhofs. Nicht ungefährlich, denn Bahnhöfe waren allgemein das erste Ziel, das von Bomben getroffen und zerstört wurde. Ute musste nun noch früher aufstehen und durch die oft mit Trümmern bedeckten Straßen ihren Weg zu der immer wieder anderen Schule gehen. Um Unterricht halten zu können, fehlten oftmals auch die Lehrkräfte. Die jungen Lehrer und Lehrerinnen waren zum Kriegsdienst eingezogen. So hatte man die älteren Lehrer und Lehrerinnen aus dem Ruhestand zurückgeholt und sie übernahmen nun den Unterricht. Aus Mangel an nicht zerstörten

Schulgebäuden wurden die Kinder der gleichen Klassenstufen aus mehreren Schulen zusammengefasst und gingen in eine Klasse. Dadurch wurden die Klassen sehr groß. Der Krieg dauerte an und es wurde noch schlimmer. Immer mehr Schulen waren zerstört oder wurden als Lazarette oder Lager gebraucht. Nun konnten die Kinder gar nicht mehr in die Schule gehen. Ein ganzes Jahr lang mussten sie zuhause bleiben. Keinen kümmerte es, ob sie lernten oder den Eltern halfen. Jede Hand wurde gebraucht. Die Väter waren im Kriegseinsatz an der Front, die Mütter wurden zu den Arbeiten, die von den Männern vorher gemacht worden waren, eingesetzt. So blieben die Kinder oft sich selbst überlassen, wenn sie nicht Großeltern hatten, die sich um sie kümmerten. Kindern wurde damals sehr viel zugemutet. Frühmorgens mussten sie allein, oft bei Dunkelheit, wenn nirgendwo Licht scheinen durfte, durch die zerstörten Straßen den Weg zu einer immer wieder anderen Schule finden.

Im Winter war es kalt in den Schulen. Heizmaterial war kaum noch zu erhalten. Es wurde angeordnet, jedes Kind hatte ein Stück Holz oder ein Brikett, in

Zeitungspapier gewickelt, mitzubringen, damit der Ofen das Klassenzimmer heizen konnte. So kam in den schon schweren Tornister auch noch ein Stück Holz oder ein Brikett hinein. Vielleicht waren die Kinder froh, ein ganzes Jahr diese Mühen nicht mehr auf sich nehmen zu müssen. Und die Eltern wussten ihre Kinder in ihrer Nähe und brauchten keine Angst zu haben, dass bei Fliegeralarm ihre Kinder weit entfernt von ihnen in der Schule waren.

Besuch im Lazarett

Die kleine Tochter vermisste ihren Vater sehr. Es war Krieg und der Vater war als Soldat an der Front im Kriegseinsatz. Es war die Front ganz im Osten, noch gefürchteter als die im Westen.

Eines Tages, ein Sturm auf den Gegner war angesetzt, die Granaten krachten, die Soldaten liefen tief geduckt im Granatenhagel auf die gegnerische Front zu. Ein Aufschrei! Fast nicht zu hören in diesem grauenvollen Heulen und Krachen. Der Vater fiel zu Boden. Eine Granate war vor ihm auf die Erde gekracht und explodiert. Die Splitter hatten seine Beine getroffen, rissen seinen rechten Unterschenkel auf und den linken ebenso. Der Vater konnte nicht mehr stehen, geschweige denn laufen. Er fiel. Er schrie und schrie. Aber in dem gewaltigen Chaos hörte ihn keiner. Er würde hier nicht lebend herauskommen. Doch, einer hörte ihn. Sein Freund, ein Soldat aus Hamburg, lief in dem Granatenhagel auf ihn zu, packte ihn und zog den Verletzten auf seinen Rücken. So rannte er mit der nicht leichten Last auf seinem Rücken durch das Granatenfeuer zurück auf die sichere Linie hinter dem Wall. Er schaffte es, sich und den Verletzten in Sicherheit zu bringen. Er brachte den Verletzten so schnell es ging in das Feldlazarett. Hier musste alles sehr schnell gehen, denn der Blutverlust aus den großen Wunden war schon sehr stark und der Verletzte kaum noch bei Bewusstsein. Der Freund hatte dem Vater das Leben gerettet. Nach einiger Zeit bekam die Familie Nachricht, dass der Vater verletzt sei und nun in einem Lazarett in Aachen lag. Die Mutter machte sich große Sorgen, wusste sie doch noch nicht, wie groß die Verletzung war und wie es dem Vater überhaupt ging.

Es war Dezember und Weihnachten nicht mehr weit. Nachhause kommen und mit ihnen Weihnachten feiern, das würde dem Vater in diesem Jahr nicht möglich sein. So beschloss die Mutter mit ihrer kleinen Tochter das Wagnis auf sich zu nehmen und den Vater in der hunderte Kilometer entfernten Stadt Aachen im Lazarett zu besuchen.

Reisen in Kriegszeiten war ein großes Wagnis. Wie lange es dauern, wann und ob man ankommen würde, wusste man vorher nicht. Immer wieder wurden die Bahnstrecken bombardiert oder von Tieffliegern beschossen. Die Strecken, die früher einmal durchgehend befahrbar waren, hatten jetzt Unterbrechungen. Dauernd mussten die Reisenden umsteigen, weil wieder mal eine Strecke zerstört und noch nicht wieder befahrbar war. So war es ein Abenteuer, als die Mutter mit der Kleinen auf die Reise ging. In den von einer Dampflok gezogenen Waggons gab es nur Holzsitze, sehr unbequem für eine lange Reise. Überfüllt waren die Waggons auch. Man musste sehen, wo man in dem Gedränge, zwischen Koffern, Rucksäcken, Kisten und Menschen überhaupt einen Platz bekam. Schlafen in der Nacht war überhaupt nicht möglich. Immer wieder gab es Fliegeralarm. Der Zug hielt an und sie flüchteten aus dem Zug und rannten, um einen Unterschlupf in einem sicheren Schutzraum zu finden. Einen Tag und eine Nacht waren sie schon unterwegs und noch lag eine längere Strecke vor ihnen. Die Kleine, die sich so auf diese Reise zu ihrem Vater gefreut hatte, wurde immer müder und weinte oft. Die Mutter konnte ihr nicht helfen, musste sie doch schauen, dass sie überhaupt immer den richtigen Zug in den oft zerbombten Bahnhöfen fand. Immer wieder mussten sie über zerstörte Gleise steigen, um ihren Anschlusszug zu erreichen. Und das alles im Laufschritt, denn die Züge wollten schnell aus den Bahnhöfen herausfahren, diese waren die ersten Ziele der angreifenden Bomber. Doch irgendwann nahm auch diese Reise ihr Ende und sie kamen in der Stadt Aachen an. So weit weg von zuhause waren sie noch nie gewesen. Leider lag diese früher einmal schöne Stadt auch schon in Trümmern. Nur der imposante Aachener Dom stand noch. Durch die mit Trümmern bedeckten Straßen suchten sie ihren Weg zum Lazarett und endlich fanden sie das Lazarett auch. Wie groß war die Freude, als sie ihren Mann und Vater in die Arme schließen konnten. Durch das schnelle Eingreifen seines Freundes hatte er überlebt, wenn auch schwer verletzt. Doch es ging aufwärts. Die Kleine hopste gleich auf das Bett des Vaters und drückte ihn mit ihren kleinen Ärmchen. Der Vater verzog zwar vor Schmerz das Gesicht, doch dieses Mal durfte die Kleine das, weil sie sich alle so freuten, dass sie sich wieder hatten und zusammen sein konnten. Der

Patient im Nachbarbett hatte Tränen in den Augen, denn auch er vermisste seine Familie sehr. Lange saß die Familie zusammen. Dann mussten sie sich für diesen Tag trennen. Die Nacht konnten Mutter und Tochter bei den Schwestern im Schwesternhaus verbringen. Dort gab es ein paar Zimmer für anreisende Familien der Verwundeten. Doch auch dort kamen sie nicht zum Schlafen. Mitten in der Nacht wurden sie von heulenden Sirenen geweckt. Alle sprangen aus den Betten und rannten zu den rettenden Bunkern. Hier erlebte das kleine Mädchen ihren ersten Bombenangriff. Es sollte nicht der letzte gewesen sein, denn ihre Heimatstadt wurde am Ende des Krieges noch völlig zerbombt. Doch hier in der Fremde, in dieser unbekannten Stadt waren die Beiden noch mehr allein und sie machten sich große Sorgen um ihren Mann und Vater. Hoffentlich war das Lazarett verschont geblieben. Es wäre doch furchtbar, wenn sie ihren Vater am Tag vorher endlich gefunden und dann gleich wieder verloren hätten. Alles ging gut. Am Morgen nach dem Angriff liefen sie schnell hinüber zum Lazarett. Es stand noch, war auch nicht angegriffen worden und alle

Verwundeten lagen wieder in ihren Betten. Mit großer Freude eilten sie zum Mann und Vater und auch er freute sich riesig, seine beiden Liebsten wieder zu sehen. Der nette Mann im Nebenbett rief die Kleine zu sich. Er gab ihr ein Spielzeug, das er selbst geschnitzt hatte.

„Weil doch bald Weihnachten ist", sagte er und freute sich an dem glücklichen Lächeln der Kleinen. Am Mittag besuchten sie noch den Aachener Dom, schauten sich alles an. Auch den wundervollen noch erhaltenen Kaisersaal, in dem Kaiser Karl gekrönt wurde, hatten sie noch besichtigen können. Dann musste schon wieder Abschied genommen werden. Tränenreich verabschiedeten sie sich von ihrem Mann und Vater. Er wollte sie gar nicht mehr loslassen. Es wusste niemand, ob man sich in diesen Zeiten wiedersehen würde. Und der Vater hatte ja erlebt, wie dicht er am Tod gewesen war. Doch nun hieß es, schnell zum Bahnhof, dort wieder den richtigen Zug finden, über die zerstörten Gleise steigen und in die hölzernen Waggons einsteigen und im Gedränge sich einen Platz suchen. Dann ging die lange, gefährliche und beschwerliche Heimfahrt los. Auch auf dieser Fahrt mussten sie wieder öfter umsteigen. Selten geplant, oft wegen eines Fliegeralarms oder verbogener Gleise wurde die Fahrt anders fortgesetzt. Die Mutter musste wach bleiben und schnell reagieren, wenn es wieder hieß

„Raus aus den Waggons", ALARM, ALARM.

Nach zwei Tagen und Nächten kamen die beiden Reisenden glücklich wieder in ihrer Heimatstadt an. Noch war die Stadt in ihrer alten Schönheit vorhanden.

Doch das würde sich am 22. März 1945 ändern.

Die roten Schuhe

Schuhe zu bekommen, war in der Kriegszeit schwierig. So freute sich Doris sehr, als sie ein Paar rote Schuhe mit einem kleinen Absatz fand. Außerordentlich stolz war sie auf ihre roten Schuhe. Immer wieder strich sie über das weiche rote Leder. Sehr sorgfältig pflegte sie ihre neuen Lieblinge und passte auf, dass ja keine Flecken darankamen. Nur zu besonderen Gelegenheiten trug sie ihre roten Schuhe.

An diesem Tag heulten die Sirenen schon am Mittag ihre schaurigen Töne. Doris rannte mit ihrer großen Schwester so schnell sie konnte in den nahen Bunker. Doch vorher brachten sie noch ihre wertvollsten Dinge in den Keller und stellten sie in den dicken gemauerten Waschkessel, der in der Waschküche stand. Eine gemauerte, dicke, starke Wand umhüllte einen schweren kupfernen Einsatz. Hier, so meinten sie, wären ihre wertvollsten Dinge sicher aufgehoben und keine Bombe könnte diesen Waschkessel zerstören. Schnell noch den großen eisernen Deckel aufgesetzt, so jetzt war alles gut verstaut. Sie rannten mit ihrem Notgepäck auf dem Rücken schnell die Straße entlang und kamen gerade noch rechtzeitig am Bunker an, bevor die großen Stahltüren geschlossen wurden. Bang harrten die Menschen im Bunker aus. Was würden sie nachher vorfinden? Die Stadt war schon stark zerstört. Was wollten die Bomber denn noch alles treffen? Warum wurde immer die Zivilbevölkerung bombardiert? Sie mussten doch schon so viel ertragen. So viele Verluste hatten sie bereits hinnehmen müssen. Wie viele Männer, Söhne, Brüder, Väter waren bereits gefallen oder vermisst. Die Frauen konnten sehen, wie sie sich und ihre Kinder in diesen schweren Zeiten durchbrachten. Die beiden Schwestern lebten allein. Ihre Brüder waren im Fronteinsatz. Sie hatten zwar Arbeit und konnten sich so einigermaßen ernähren. Doch auch für sie war der Alltag nicht leicht. Morgens, noch bei Dunkelheit mussten sie mit dem Fahrrad zur Arbeit fahren. Das Fahrrad hatte zwar vorne ein Licht, doch diese Lampe war mit einem schwarzen Pappdeckel in den ein schmaler Schlitz geschnitten war, abgedunkelt. Sehen konnte man damit kaum etwas. Man durfte auf keinen Fall gesehen werden. So war es jeden Morgen fast ein „Blind-Flug" und sie atmeten auf, wenn sie an ihrer Arbeitsstelle angekommen waren. Besonders schwierig wurde es, als in vielen Straßen Trümmer den Weg versperrten. Höllisch aufpassen musste man damit kein Sturz passierte. Hilfe wäre schwierig zu bekommen. Doch die beiden Schwestern waren jung und sie waren es nicht anders gewohnt. In dieser Zeit musste man flexibel sein und sich auf alles einstellen. Es ging ja auch nicht anders. Die Sirenen heulten den Entwarnungston. Gottseidank, für dieses Mal war es wieder vorbei. Die Menschen konnten aufatmen, sie lebten noch. Doch wie würde es draußen aussehen? Mit ängstlichen Augen und zitternden Knien standen sie vor der Bunkertür, wenn endlich geöffnet wurde. Wie sah es draußen aus? Was war noch da? Was stand noch? Gab es unser Haus noch? Mit bangen Gefühlen stiegen die Menschen die steile Treppe aus dem Bunker hinauf und blinzelten ins Licht. Doch Licht konnte man es nicht nennen. Der Himmel war schwarz, der Sonnenball, der durch die Schwärze sah, blutrot. Überall brannte, prasselte und knackte es. Schwarze Asche fiel auf sie. Wo waren die Häuser der Straße, die sie vor kurzem noch entlanggelaufen waren? Wo war ihr Haus, in dem sie so lange schon gewohnt hatten? Nichts davon war zu sehen, nur brennende, rauchende Ruinen standen um sie herum. Menschen liefen verstört durch die Trümmer, suchten ihre Angehörigen, suchten ihr Zuhause, suchten ihre Dinge, die sie gerade noch gehabt hatten. Wie war das möglich? In so kurzer Zeit, eine so große Zerstörung?

Später einmal wird man sagen, „Es war der Groß-Angriff auf ihre Heimatstadt". Die Stadtmitte war vollkommen zerstört. Von den alten Kirchen standen nur noch die dicken Mauern, sie waren ausgebrannt, die Dächer eingestürzt. Im Inneren brannte es noch immer. Straßen gab es nicht mehr, zu Fuß musste man sich durch die Trümmerberge quälen. Man sah die Menschen, wie sie über eingestürzte Mauern kletterten, um große Schutthaufen herumgingen und entsetzt in die Höhlen der Wohnungen schauten, in denen die Tapeten zerrissen noch an den Wänden klebten. Manchmal sah man einen Stuhl, einen Tisch, einen Schrank umgekippt und halb aus der offenen Höhlung, die einmal eine Wand war, heraushängen. Viele Menschen schrien, riefen nach ihren Angehörigen, buddelten mit bloßen Händen im Schutt, um Verschüttete herauszuziehen. Die zwei Schwestern waren starr vor Entsetzen. Doch auch sie wollten schnell nachhause und sehen, wie es dort aussah. Sie liefen über die Trümmer in Richtung ihres Hauses. Doch, das Haus war weg. Nichts war mehr zu sehen. Aber den Eingang zum Keller fanden sie. Gleich schufen sie sich Platz zwischen den Brocken, die auf die Treppe gefallen waren und stiegen vorsichtig weiter hinunter. Die Waschküche hatte keine Decke mehr, doch der Waschkessel stand noch da, so wie sie ihn verlassen hatten. Sie atmeten auf. Wenigstens ihre wertvollen Dinge würden sie in ihm wiederfinden. Der Deckel war heiß. Sie brauchten etwas zum Anfassen. Sie nahmen ihren Mantel legten ihn über den Griff und hoben vorsichtig den schweren Deckel etwas an. Da waren sie zu sehen, alle ihre Dinge. Auch die roten Schuhe leuchteten ihnen entgegen. Doris war überglücklich! Doch was war das? Im nächsten Moment, vor ihren Augen, fiel alles in sich zusammen!!

Es blieb nur noch Asche zurück!!!

Eben noch hatten sie alles vor sich gesehen und jetzt war nur noch graue Asche vor ihrem Blick? Wie konnte das geschehen sein? Stumm vor Entsetzen blickten sie in den Kessel!

Zahltag im Rathaus

Immer wieder waren die Angestellten und Beamten des Rathauses von den Bomben in ihrer Arbeit gestört worden. Das Rathaus lag mitten in der Stadt. Es war ein Teil des berühmten Marktplatzes mit den wundervollen mittelalterlichen Häusern, wie dem Knochenhaueramtshaus, (Zunfthaus der Metzgergilde), das ganz aus Holz gebaut war. Kein einziger Metallnagel war hier verbaut worden. Dieses Haus war in der ganzen Welt bekannt für seine Zimmermannsarbeit und die bunten Malereien an der Fassade. Zum Marktplatz gehörten auch noch das Bäckeramtshaus (Zunfthaus der Bäckergilde), das Templerhaus mit seiner ungewöhnlichen Steinfassade und das Wedekindhaus. Es war ähnlich wie das Knochenhaueramtshaus mit schönen bunten Malereien und Schnitzereien versehen. Und, auf der anderen Seite noch weitere schöne mittelalterliche Häuser. Das ganze Ensemble war beeindruckend. Doch trotz des Krieges musste die Arbeit im Rathaus weitergehen.

In der Gehalts- und Lohnabteilung des Rathauses hatte man beschlossen, die Buchungsmaschine in die Räume des tief unter der Erde liegenden Kellers zu bringen, um dort von der Bombardierung ungestört arbeiten zu können. Der Keller hatte dicke Mauern, war als Schutzraum angelegt und sollte jetzt in der Kriegszeit vor den fallenden Bomben schützen. Hier unten, ohne Fenster und Licht nur aus sparsam leuchtenden Glühbirnen, in stickiger Luft mussten in jedem Monat die Zahlungen für die Beamten, Angestellten und Arbeiter der Stadtverwaltung ausgeführt werden. Hier hatten sich die drei dafür zuständigen Mitarbeiter, ein Mann und zwei Frauen einen Büroraum eingerichtet und bearbeiteten mit großem Eifer die vielen Unterlagen, damit die Menschen, die schon genug zu ertragen hatten, wenigstens ihr Geld bekamen, um sich die notwendigen, schwer zu bekommenden Lebensmittel kaufen zu können.

Wieder stand ein Zahltag an. Schon am frühen Morgen hatten sich die drei Mitarbeiter in den Raum im Keller begeben. Sie wollten nicht von einem Alarm unterbrochen werden. Viele Zahlen mussten verarbeitet

werden, um den Lohn für die Arbeiter aus-
zurechnen. Die Lohnzahlung war die auf-
wändigste. Die eingegangenen Lohnzettel
der Betriebe mussten geprüft und die An-
zahl der Stunden, die Erschwernis-, Nacht-
und Sonntagszuschläge berücksichtigt werden. Viele Zahlen wurden angesagt und in
die Maschine eingegeben. Doch auch an diesem Tag gab es keine Ruhe. Schon am Mittag
heulten die Sirenen. Alarm, Alarm. Die Bom-
bergeschwader waren bereits im Anflug mit
ihrer tödlichen Fracht. In Windeseile rannten
alle im Rathaus Tätigen in den tiefen Keller
hinunter, wo die Drei von der Lohn- und Ge-
haltsabteilung bereits bei ihrer Arbeit saßen.
Der Alarm hörte nicht auf. Den drei enga-
gierten Mitarbeitern blieb nichts weiter übrig, als Stunde um Stunde weiter im Keller
zu sitzen und die Zahlung voranzubringen.
Seite und Seite, Kontoblatt um Kontoblatt
wurde aus der Maschine gezogen. Gegen die
Müdigkeit hatten sie sich eine große Kanne
Malzkaffee mitgebracht. Ein paar Brote mit
dem üblichen Kriegsaufstrich gaben etwas
neue Energie. Die Maschine ratterte, die
Zahlen und Daten wurden angegeben und
eingetippt. Die Finger fanden die richtigen

Tasten schon von selbst. Immer mehr Routine schlich sich ein. Halt, war da ein Tippfehler? War diese Zahl richtig eingegeben? Man riss sich zusammen und weiter ging es. Seite um Seite, Blatt um Blatt. Die Augen wurden schwer. Zufallen durften sie nicht. Es musste weitergehen, die Zahlung musste noch an diesem Tag fertig werden. Irgendwann waren alle Unterlagen abgearbeitet. Die Drei atmeten auf. Sie hatten es wieder einmal geschafft. Diese schwierige Zahlung war vollbracht. Die Arbeiter konnten ihre Lohntüten abholen. Inzwischen war es draußen Abend geworden. Die Drei reckten und streckten sich. Müde waren sie, aber auch glücklich, dass sie die Zahlung fertiggestellt hatten. Sie stiegen die steilen Kellertreppen hinauf, wunderten sich schon über die Hitze, die immer mehr zunahm. Als sie die schwere Kellertür erreichten, konnten sie diese kaum öffnen. Dahinter bot sich ihnen ein Bild des Grauens. Den Marktplatz mit seinen wunderschönen alten Häusern gab es nicht mehr. Sie schauten weit „ins Freie". Alle Häuser rund herum lagen in Schutt und Asche. Ihr Blick, sonst gleich von Häusern begrenzt, ging weit in die Stadt hinein. Nur die

Fassade des Templerhauses und das Rathaus mit seinen dicken Mauern, standen noch. Entfernt war die ausgebrannte Andreaskirche voll zu sehen. Kein Haus stand dazwischen, kein Dach war mehr zu sehen, nur Trümmer, schwarzverbrannt, soweit sie sehen konnten. Aus Häuserresten rings herum loderten Flammen. In dem tiefen Keller hatten sie wohl Erschütterungen und wackelnde Wände gespürt. Doch, dass sie nur noch rauchende Trümmer von ihrer ehemals so schönen Stadt vorfinden würden, das hatten sie sich nicht vorstellen können. Sie waren so vertieft in ihre Arbeit gewesen. Vor Schrecken wie gelähmt standen sie nun da. Wie sollten sie durch die Trümmer nachhause kommen? Straßen waren kaum mehr auszumachen. Gab es ihr Zuhause überhaupt noch? Wie gefährlich war es, sich durch diese Trümmer einen Weg zu suchen? Mauern konnten einstürzen, nachgebende Trümmerreste konnten Löcher aufreißen, in die man stürzen würde. Überall gab es Brände und die stehen gebliebenen Häuserreste glühten noch. Verbrannte Menschen, zusammen geschrumpelt und schwarz verkohlt lagen überall herum. Das war die Hölle auf Erden. Gerade hatten sie sich noch gefreut, die Zahlung fertiggestellt zu haben, nun fragten sie sich, wie viele der Arbeiter, denen sie gerade den Lohn ausgerechnet hatten, würden noch da sein, um ihren Lohn abzuholen?

Was war das nur für eine Zeit?

Merkwürdiger Straßenbelag in der Lademühle

Einmal in der Kriegszeit gingen die Großeltern mit dem kleinen Mädchen zu den Freunden der Großeltern in die „Lademühle", einer Straße bei der Zuckerraffinerie. Die Großeltern wollten sehen, ob sie den erneuten Angriff gut überstanden hatten. Telefone gab es kaum denn die Anschlüsse waren meistens zerstört. Die Zuckerraffinerie war bei dem letzten Angriff auf die Stadt bombadiert und teilweise zerstört worden. Als nun die Drei um die Ecke in die Lademühle einbogen, bot sich ihnen ein seltsamer Anblick. Das Kopfsteinpflaster war nicht mehr zu sehen. Die ganze Straße war von einer braunen, glänzenden Masse überzogen. Was mochte das sein? Das kleine Mädchen setzte vorsichtig einen Schritt in die merkwürdige Masse. Sie konnte ihren kleinen Fuß nur schwer wieder herausziehen. Diese braune Masse war rutschig und klebrig. Schnell zog Großvater das Mädchen zurück. Das hohe Alter des Großvaters hatte ihn davor bewahrt, zum Wehrdienst eingezogen zu werden und als Soldat an die Front zu müssen. Stattdessen wurde er an der Heimatfront eingesetzt und war zur Arbeit in der Zuckerraffinerie herangezogen worden. Durch die Arbeit hatte er diese braune Masse kennengelernt. Er tauchte. einen Finger in die Masse und ließ die Kleine daran lecken. Dieser braune Straßenbelag schmeckte süß !!

Bei der Bombardierung war auch die Raffinerie getroffen und ein großer Teil zerstört worden. Aus den Trümmern war diese Masse herausgelaufen. Es war Zuckerrübenmelasse!!! Hieraus wurde eigentlich der Rohzucker hergestellt. Nun schwamm die braune Masse auf der Straße. Gehen konnte man darauf nicht. Wie Pech klebte sie an den Sohlen, hielt die Schuhe am Boden fest, kaum kam man aus dieser klebrigen Masse heraus. In der Kriegszeit hätte dieser zuckersüße Straßenbelag viele Menschen glücklich gemacht. Zucker war so wertvoll, denn man bekam so wenig davon. Und hier war die gesamte Straße davon bedeckt. Welch eine Verschwendung. Mit dieser ausgelaufenen Masse konnte leider niemand etwas anfangen. Wie schade!

Kapitel 2:

Der Krieg ist aus,
das Leben geht weiter.

Unheimliche Begegnung

An einem sonnigen Tag zur Mittagszeit kam die Mutter mit ihren zwei Mädchen gerade vom Garten. Dieser Garten lag einige Kilometer außerhalb der Stadt in einem Schrebergartengelände. Der Weg war zwar weit zwischen ihrem Zuhause und dem Garten, aber er verlief abwechslungsreich. Zuerst ging man vom Haus die Straßen hoch bis zur „Acht", der Parkanlage vor dem Kriegerdenkmal, dann daran vorbei einen kleinen Berg hinauf. Weiter führte der Weg durch ein kleines Tannenwäldchen wieder auf eine längere Straße. Diese führte an zwei Rodelbahnen vorbei und geradeaus ging der Weg weiter, bis er die Schrebergartenkolonie erreichte. Hier zweigte links ein schmaler Weg ab, an dem lag der Garten der Familie. Der Weg war sehr schön zu gehen. Es war gleichzeitig ein Ausflug durch eine abwechslungsreiche Landschaft. Auf einer Seite der Wald mit seinen Buchen- und Nadelbäumen, auf der anderen Seite der weite Blick über die Gärten hinaus auf die großen Felder der umliegenden Dörfer.

An diesem Morgen war die Mutter mit ihren zwei Mädchen schon früh zum Garten gegangen, um Gemüse und Obst zu pflücken, das dann am Nachmittag eingemacht werden sollte. Es war ein schöner Morgen, sonnig und warm und die Vögel sangen aus voller Kehle. Guten Mutes gingen die Drei bereits auf dem Rückweg die Straße entlang, die zu dem kleinen Tannenwäldchen führte. In dem Wäldchen war es immer sehr still, nur die Vögel hörte man hin und wieder. Die Kinder fanden es so geheimnisvoll wie in einem Märchenwald. Sie gingen so dahin, lauschten den zwitschernden Vögel und freuten sich an der Stille, die sie nach der belebten Straße draußen umgab.

Auf einmal ein Knacken und Brechen von Zweigen zwischen den Bäumen und aus der kleinen Tannenschonung brach ein Mann hervor. Erschrocken blieben die Drei stehen. Dieser Mann sah sehr unheimlich aus, denn er hatte ein ganz schwarzes Gesicht und darin leuchtend weiße Augen. Er sah sehr bedrohlich aus. So einen „schwarzen Mann" hatte noch keiner von ihnen gesehen, auch die Mutter nicht. Der Mutter klopfte das Herz zum Zerspringen. Sofort nahm sie ihre

Mädchen fest an ihre Seite. Was wollte dieser Mann von ihnen? Wollte der Mann ihnen etwas Böses tun? Wie konnte sie ihre zwei Mädchen vor ihm schützen? Was sollte aus ihren Mädchen werden, wenn er ihr, der Mutter etwas antat? Schließlich war der Krieg gerade erst vorbei. Die Besatzer hatten nun das Sagen und die Menschen litten immer noch unter den schrecklichen Erlebnissen der Kriegsjahre. Alle Vier starrten sich stumm an. Da die Mutter eigentlich eine mutige Frau war, fasste sie sich ein Herz und nahm aus ihrem Gartenkorb mit dem gerade geernteten Gemüse und Obst ein paar Früchte heraus und bot sie auf ihrer Hand still dem „schwarzen Mann" an. Der stutzte, dann überzog ein Lächeln sein Gesicht. Er streckte seine schwarz-rosige Hand aus und nahm die Früchte an. Dann griff er in seine Tasche, die Mutter bekam wieder einen großen Schreck. Doch das war unnötig, denn was der Mann in der Hand hielt war   „eine Tafel Schokolade" !!!

Der Mann lächelte die Mutter an und bot ihr die Schokolade an. Die Mutter zögerte. Da beugte sich der Mann zu den Mädchen hinunter und gab die Tafel Schokolade dem größeren der Beiden. Schüchtern streckte diese ihre Hand aus, sah aber zur Mutter, ob sie das auch dürfe. Die Mutter konnte nur nicken. So nahm das Mädchen die Schokolade an. Der Mann verbeugte sich vor der Mutter, lächelte die beiden Mädchen an und ging dann mit dem Obst in der Hand seiner Wege. Noch eine ganze Weile blieb die Mutter stehen. Ihre zitternden Beine wollten sie noch nicht tragen. Dann nahm sie ihren Korb wieder auf, fasste die Mädchen bei der Hand und ging mit ihnen schnellen Schrittes aus dem Wäldchen heraus. Erst, als sie wieder in belebtere Straßen kamen, blieb die Mutter einen Moment stehen, um wieder zu Atem zu kommen. Der große Schreck saß noch immer tief und musste erst einmal verarbeitet werden. Das größere Mädchen fragte die Mutter:

„Mutti was ist das, was der „schwarze Mann" mir gegeben hat?" Die Mutter besah sich die Tafel Schokolade. Sie war in Ordnung. Nun öffnete sie die Verpackung, brach jedem ein Stückchen ab, gab sie den Mädchen zum Probieren und aß selbst eines. Die beiden Mädchen staunten, so etwas hatten sie noch nie gegessen. Süß und dunkel, fast wie der „schwarze Mann".

Durch die Entbehrungen der Kriegsjahre, in denen Süßigkeiten fast gar nicht zu bekommen waren, hatten sie so etwas noch nicht zu sehen und zu essen bekommen. Auf diese Weise probierten die beiden Mädchen ihre erste Schokolade.

So dunkel wie der „schwarze Mann".

Kleines Mädchen, rollende Panzer

Es war gleich nach Ende des Krieges, die Siegermächte zogen mit ihren Panzern in die Städte ein und besetzten sie. Viele Männer waren im Krieg umgekommen, vermisst oder noch in der Gefangenschaft und würden erst nach Jahren wieder zurück in die Heimat kommen. So waren die Frauen zu den Arbeiten herangezogen worden, die früher von den Männern getan waren. Doch die Frauen wuchsen über sich hinaus und „standen sehr gut ihren Mann!"

An einem Vormittag, die Mutter war zum Arbeiten in der Fabrik und wie immer waren ihre zwei Mädchen, fast neun die Ältere und zweieinhalb die Kleine, bei den Großeltern. Die wohnten im gleichen Haus und passten gerne auf die Zwei auf. Die Mädchen waren ebenso gern bei den Großeltern. Der Opa erzählte lustige Geschichten und die Oma kochte den besten Kakao für die Kinder. Der Morgen war sonnig und warm, so konnten die Kinder im Garten spielen. Hin und wieder warf der Opa einen Blick aus dem Küchenfenster, an dem er zeitunglesend saß.

Die Kinder spielten zusammen mit einigen Nachbarskindern und alles war in schönster Ordnung. Doch beim nächsten Blick fiel dem Großvater auf, dass eines der Kinder fehlte, ausgerechnet die Kleine. Schnell lief er aus der Küche in den Garten.

„Wo ist denn die Kleine?" fragte er die anderen Kinder.

„Sie saß doch gerade noch hier und hat mit ihrer Puppe gespielt," meinte die ältere Schwester. Opa erschrak, wo konnte die Kleine nur hingelaufen sein? Auf die Straße zu laufen, war ihr verboten. Doch würde sie sich immer an das Verbot erinnern und es auch befolgen? Was ging in einem so kleinen Kinderkopf vor? Opa holte schnell noch die Oma und auch die Nachbarin beteiligte sich an der Suche. Sie riefen auf der Straße den Namen der Kleinen, fragten in den Nachbarhäusern, rannten bis zur nächsten Straße, doch niemand hatte sie gesehen oder gehört. Panik stieg in den Großeltern auf. Nur einen kleinen Moment hatten sie nicht aufgepasst und schon war das Unheil geschehen. Wo konnte so ein kleines Mädchen nur hingelaufen sein? Opa rannte die Straße hinunter. Die Schranke über die Bahngleise war gottseidank geöffnet, so konnte er ungehindert in die nächste Querstraße kommen. Hier kam ihm ein unheimliches Getöse entgegen. Laut und metallisch rasselnd, ohrenbetäubend war dieses Geräusch. Es erinnerte sehr an die gerade geendete Kriegszeit. Opa war entsetzt und ihm sträubten sich buchstäblich die Nackenhaare. Trotz des furchtbaren Gedröhns rannte er in diese Straße hinein. Mehrere Menschen hatten sich an beiden Straßenrändern versammelt und schauten mit schreckgeweiteten Augen auf das, was dieses Gedröhn erzeugte. Es waren Panzer! Die siegreiche Armee der ehemaligen Feinde war in die Stadt eingezogen und demonstrierte ihre Macht. Geschockt blieb der Großvater stehen. Hier konnte die Kleine auf gar keinen Fall sein. Doch dieses martialische Gerassel und Gedröhn ließ ihn erstarren und riss viele schreckliche Bilder in ihm auf. Schon fuhr der erste große Panzer an ihm vorbei. Der zweite folgte mit einigem Abstand. Es kamen immer mehr. Doch was war denn das? Was war das helle Kleine, das da zwischen zwei Panzern auf der Straße lief? Opa traute seinen Augen nicht. Schreckensstarr konnte er sich nicht rühren. Er glaubte es einfach nicht und doch, was er sah, ließ sein Blut fast gerinnen. Mit einem Lächeln auf dem kleinen Gesicht lief die Kleine auf der Straße zwischen den zwei großen Panzern mit. Hatten die Soldaten in den Panzern das kleine Mädchen nicht gesehen? Konnten sie es überhaupt sehen? Es war doch so klein vor den riesigen Panzern. Es schien keine Angst vor dem lauten Gedröhn zu haben. Es lächelte und lief mit seinen kleinen Beinchen im gleichen langsamen Tempo mit. Dann hatte sich der Großvater gefangen. Mit einem Satz rannte er auf die Straße geradewegs zwischen die Panzer. Er schnappte sich die Kleine, nahm sie auf seine Arme und rannte schnellstens aus der Gefahrenzone heraus. Wenn auch die Panzer das kleine Mädchen nicht gesehen hatten, den großen Mann sahen sie auf jeden Fall. Und was mochten sie davon halten, dass er so rasant zwischen die Panzer gelaufen war. Würden sie anhalten und ihn in ihr Visier nehmen? Großvater zitterte am ganzen Körper, hielt aber das kleine Mädchen fest und sicher in seinen Armen. Und das würde auch die Besatzung der Panzer sehen können, dass er ein kleines Kind auf den Armen trug.

Schreckensbleich ging er mit der Kleinen in die ruhigere Straße und nahm den Weg zurück nachhause. Hier liefen alle aufgeregt zusammen, als er mit der Kleinen auf dem Arm zu ihnen kam. Sprechen konnte er noch nicht. Der Schreck saß noch zu tief in ihm. Doch die Kleine lachte und freute sich, die anderen Kinder wieder zu sehen. Opa übergab sie der Großmutter. Dann setzte er sich erst einmal hin, denn seine schlotternden Beine trugen ihn nicht mehr. Das kleine Mädchen hatte von der Gefährlichkeit ihres Ausflugs nichts verstanden. Nur die Erwachsenen erzählten noch Jahre später von der dramatischen Situation, in der sich die Kleine befunden hatte. Doch kleine Kinder haben wohl einen Schutzengel, der sehr gut auf sie aufpasst.

Heimkehrer

Einige Jahre nach Ende des Krieges kamen viele Männer durch unsere Stadt gezogen. Sie hatten müde, erschöpfte, graue, eingefallene Gesichter. Ihre Augen lagen in tiefen Höhlen. Sie trugen alte abgetragene, manchmal eingerissene alte Jacken oder Mäntel. Die Hosen waren zerrissen und oft mit einem Strick um die Taille gebunden. Sie hatten sich schon lange nicht mehr rasiert. Auch Waschwasser war sicher schon länger nicht mehr in ihre Nähe gekommen. Sie sahen für uns Kinder sehr zum Fürchten aus. Oftmals kamen sie in unser Haus hinein, gingen die Treppen hoch bis in die letzte Etage, in der sich unsere Wohnung befand. Wenn so ein abgerissen aussehender Mann an unsere Türe klopfte, versteckten wir uns schnell unter dem Tisch in der Küche oder hinter dem Schrank. Sie waren uns sehr unheimlich. Wir hatten alle noch die schrecklichen Erlebnisse der Kriegszeit in uns und die Angst vor Unbekanntem saß tief. Doch unsere Mutter ließ die Männer immer in ihre Küche kommen. Sie bot ihnen einen Stuhl am Küchentisch an und fragte, was sie möchten. Die meisten Heimkehrer, so nannte sie diese Männer vor uns, wollten nur etwas zu Essen und zu Trinken. Sie erzählten unserer Mutter, woher sie kamen und wo sie nun hinwollten. Was sie erlebt hatten, darüber konnten sie nicht sprechen. Mutter fragte, wenn die Männer aus der Nähe des Gefangenenlagers kamen, in dem unser Vater gefangen gehalten wurde, ob sie vielleicht Nachricht von ihrem Mann, unserem Vater hätten. Doch keiner konnte irgendeine Auskunft über unseren Vater geben. Jedes Mal bestrich unsere Mutter einige Scheiben Brot mit dem, was wir gerade hatten und das war nicht gerade viel. Es gab auch für uns kaum etwas und man brauchte Lebensmittelmarken, um überhaupt etwas bekommen zu können. Wir hatten aber unseren Garten. Den bewirtschaftete unsere Mutter mit viel Liebe und Leidenschaft und das, was sie dort erntete, hielt uns in all den Jahren am Leben. Gemüse, Kartoffeln und Obst hatten wir immer, Fleisch, Wurst, Butter oder Margarine waren Mangelware. Aber mit dem frischen selbstgezogenen Gemüse lebten wir Kinder und Mutter eigentlich sehr gesund. Die Ernte reichte auch noch, um unsere Großeltern mitzuversorgen und es war immer etwas für Besucher übrig. Die meisten dieser durchziehenden Männer waren sehr froh über ein paar Scheiben Brot und einen heißen Malzkaffee. So konnten sie gut gestärkt wieder eine Weile weiterziehen. Sie bekamen auch noch etwas Proviant, ein belegtes Brot, ein paar Äpfel oder ein paar gekochte Kartoffeln mit auf den Weg. Unsere Mutter meinte, wenn sie den Heimkehrern auf ihrem Heimweg etwas gab, dann würde vielleicht unserem Vater, wenn er unterwegs zurück zu uns wäre, auch weitergeholfen werden. Daher wurde nie einer der Männer abgewiesen. Die Heimkehrer bedankten sich so gut sie konnten. Ihre schlimmen Erlebnisse ließen sie selten lächeln. Manchmal gab es auch Männer, die wollten kein Brot, sondern nur Geld. Das aber konnte meine Mutter ihnen nicht geben. Wir hatten selbst wenig und meine Mutter sah auch nicht ein, warum ein gutes Brot abgelehnt wurde. Nur Geld haben zu wollen, war für sie betteln und das unterstützte sie nicht. Mir sind die abgerissenen Männer mit den traurigen, hohlen Gesichtern noch immer im Gedächtnis. Auch ihre Dankbarkeit, wenn sie eine für damalige Verhältnisse gute Mahlzeit bekamen, habe ich noch in guter Erinnerung.

Zwei Jahre nach Kriegsende kam unser Vater dann aus der Gefangenschaft zurück.

Wohnung mit Himmelsblick

Eines Tages, es war kurz nach Kriegsende, als man gerade wieder in die nächste Stadt reisen konnte, fuhren meine Mutter und ich mit der Bahn in die nächste größere Stadt. Hierin hatte es die Freundin meiner Mutter mit ihrem Mann verschlagen. Ihr Haus in unserer Heimatstadt war völlig zerstört. Sie waren also „Ausgebombte" und daher war es sehr schwierig für sie, überhaupt eine Wohnung oder auch nur ein Zimmer zu bekommen. Der übrig gebliebene, nicht zerstörte Wohnraum in den Städten und Dörfer war auch durch die vielen Flüchtlinge, die ebenfalls untergebracht werden mussten, rar geworden. Die Ausgebombten bekamen oftmals keinen Wohnraum in ihrer Heimatstadt, in der ihre Wohnung oder ihr Haus zerstört worden war, sondern sie wurden irgendwo in der Umgebung einquartiert, wo gerade Wohnraum frei war. Sie hatten oftmals nur das, was sie mit sich getragen hatten, und mussten froh sein, wenn sie in irgendeiner Wohnung, die noch Möbel hatte, unterkommen konnten. So hatte die

Freundin meiner Mutter mit ihrem Mann in dieser größeren Stadt in unserer Nähe Wohnraum gefunden. Das Reisen war damals nicht einfach. Die Züge konnten nur langsam fahren, weil viele Gleise noch zerstört waren. Die Waggons hatten oftmals nur eine Reihe Sitzbänke an den Außenwänden. Im Innenraum konnte nur gestanden oder auf den eigenen Koffern gesessen werden. Auch waren die Waggons immer sehr voll, weil viele Menschen vom „Hamstern" aus den Dörfern zurückkamen.

Irgendwann kamen wir am Bahnhof in der Nachbarstadt an. Dieser Bahnhof war total zerstört. Damit Züge überhaupt wieder fahren konnten, hatte man erstmal nur einige Gleise instandgesetzt. Dieser Bahnhof bestand nur noch aus der Fassade. Alle anderen Gebäudeteile ragten als Ruinen in den Himmel. Durch die Fensteröffnungen, in denen das Glas fehlte, sah man ins Weite. Ein Dach gab es ebenso wenig. Der Weg zu Fuß durch die Stadt, in der die Straßen noch voller Trümmer lagen und die Häuser ringsherum nur zerstörte Ruinen, war ziemlich mühselig. Es gab nur in der Mitte der Straßen einen schmalen gangbaren Weg, sonst musste man über Trümmer klettern. Nach einiger Zeit hatten wir die Straße, in der nun die Freundin meiner Mutter wohnte, gefunden. Das Haus, in dem sie wohnten, war nicht zerstört. Wir gingen in den dritten Stock hinauf. Das Treppenhaus sah etwas schäbig aus, aber das war in dieser Zeit schon fast normal, Hauptsache es war heil geblieben. Eine Klingel an der Tür wurde gedreht und schellte laut und schrill in das Treppenhaus. Kurz darauf wurde die Tür geöffnet und Nell, so hieß die Freundin, stand gesund und fröhlich lächelnd vor uns. Große Freude auf beiden Seiten, denn es war damals nicht selbstverständlich, dass man sich wiedersehen konnte. Wir wurden in das Wohnzimmer gebeten. Zuerst sah alles ganz normal aus. Es gab ein Sofa, zwei Sessel einen Tisch und einen Schrank. Doch dann sah ich zur Decke hinauf. Ungläubig starrte ich nach oben. In der Zimmerdecke war ein großes, schwarz verbranntes Loch, durch das man den Himmel sah. Ich konnte es gar nicht glauben und schaute immer wieder hoch. Nell, die Freundin meiner Mutter lachte, und sagte:

„Ja, da ist eine Bombe durchgefallen. Gottseidank hat sie nur dieses Loch gerissen und nicht die ganze Wohnung in Brand gesetzt". Wie konnten Menschen in einer Wohnung leben, in der die Zimmerdecke ein großes Loch hatte und der Himmel hineinschaute? Bei Regenwetter musste es abgedichtet werden und im Winter war das Zimmer wohl kaum zu heizen. Doch noch war es Sommer und das Ehepaar war froh, überhaupt Wohnraum bekommen zu haben und nicht auf der Straße, oder in den sogenannten „Nissenhütten" (schlechte Hüttenquartiere am Rande der Stadt) leben zu müssen. Nells Mann war Zimmermann und er würde bestimmt Material finden, um dieses „schwarze Loch" dicht zu bekommen. Für mich als Kind war dieses Loch in der Zimmerdecke einer Wohnung so beeindruckend, ich habe es nie vergessen. Noch heute habe ich den Anblick dieses „schwarzen Lochs" vor meinen Augen.

Holz holen und Schuhe finden

In der Kriegs- und Nachkriegszeit, als Kohle sehr knapp war, mussten die Menschen zum Heizen Holz aus dem Wald holen. Denn in der Nähe der Stadt waren Parks und Wälder wie leergefegt. Also zogen die Menschen mit ihren Handwagen immer weiter in die Wälder hinein, um noch vorhandene herabgefallene Äste und Zweige zu sammeln.

Meine Mutter fuhr mit uns zwei Mädchen, das eine neun und das andere zwei Jahre alt, und dem großen Handwagen in ein Waldgebiet, das einige Kilometer weit von der Stadt entfernt lag. Sie hoffte, dort noch abgefallenes Holz zu finden. Als wir in dem entfernten Waldstück angekommen waren, schärfte Mutter mir ein, nur ja auf meine kleine Schwester aufzupassen, damit nichts passierte und sie sich nicht verlaufen würde. Dann sammelte Mutter dicke Äste und Zweige und entfernte sich dabei ein ganzes Stück von uns. Wir Mädchen spielten im raschelnden Laub und auch ich war ganz vertieft in mein Spiel. So merkte ich nicht, dass die Kleine sich etwas von mir entfernte und auf einmal aufschrie und weinte. Ich erschrak und eilte gleich zu ihr. Die war mit den Füßen in ein Sumpfloch gerutscht und konnte allein nicht wieder herauskrabbeln. Heftig weinend klammerte sie sich an mich. Ich zog mit all meinen Kräften an ihr und musste dabei noch aufpassen, nicht selbst in das Sumpfloch abzurutschen. Nach einiger Zeit hatte ich es geschafft und sie aus dem schwarzen Sumpfloch herausgezogen. Erschöpft sanken wir beide auf den Waldboden und schluchzten vor Erleichterung. Mutter hatte den Schrei und das Weinen gehört und kam eilends durch die Bäume gelaufen, um zu sehen, was denn passiert wäre. Als sie uns beide weinend, aber wohlbehalten am Boden sitzen sah, fiel ihr doch ein Stein vom Herzen und sie schloss uns glücklich in ihre Arme. Dabei fiel ihr auf, dass die Kleine nur noch einen Schuh anhatte. Wo war der andere Schuh? Ich erzählte, wie ich sie aus dem Sumpfloch gerettet hatte. Sogleich ging Mutter zu der Stelle und grub mit einem Stock darin herum. Doch soviel sie auch grub und in dem Sumpf herumstocherte, der Schuh tauchte nicht wieder auf. Das war ein großes Malheur! In dieser Zeit, wo alles so knapp oder gar nicht zu erhalten war, war es fast unmöglich, an ein paar Schuhe für ein zweijähriges Kind zu kommen. Und der Winter stand vor der Tür! Was sollte Mutter machen? Woher sollte sie Schuhe für die Kleine bekommen? Erst einmal musste diese mit dicken Socken an den Füßen in ihrer Kinderkarre sitzen bleiben. Draußen auf der Straße herum laufen war nicht möglich. Mutter fragte überall, hörte sich um, ob jemand wusste, wo man Schuhe für kleine Mädchen bekommen könnte. Doch die Nachbarn hatten auch nichts, so vieles war beim Großangriff zerstört worden und jeder war froh, wenn er noch etwas für den Winter gerettet hatte. Wie sollte das im Winter werden? Die Kleine würde dann drei Jahre alt und wollte nicht immer in der Kinderkarre sitzen bleiben. Eines Tages bekam Mutter einen Tipp. In der Nordstadt sollte ein Lager gefunden und aufgemacht sein, in dem Schuhe und Bekleidung zu finden wären. Eigentlich war es wohl nicht erlaubt, sich dort einfach zu bedienen, doch die Menschen, die ohnehin nichts mehr hatten, ließen sich davon nicht abhalten. Alles stürmte in dieses Lager. Mutter hatte einen langen

Weg zurückzulegen. Nachdem sie dort an-
kam, fand sie einen Raum mit einen großen
Berg Schuhe. Alle Schuhe lagen einzeln und
durcheinander, ob für Erwachsene oder Kinder. Wie sollte sie hier passende Schuhe finden? Und, es waren schon andere Menschen
da und wühlten in dem Berg. Doch Mutter
ließ sich nicht abschrecken. Sie suchte und
suchte in dem Berg herum. Irgendwann fand
sie einen einzelnen Schuh, der wohl die
Größe für die Füße der Kleinen hatte. Den
steckte sie gleich in ihre Tasche. Einen zweiten dazu passenden zu finden war absolut
nicht möglich. Doch das war in dieser Zeit
völlig egal. Hauptsache man hatte überhaupt Schuhe an den Füßen und die Kleine
würde sich riesig freuen. Auch wenn sie an
einem Fuß den alten und an dem anderen
Fuß den nun gefundenen neuen Schuh tragen musste. Sie konnte doch wieder auf der
Straße laufen und spielen. Und das war ihre
größte Freude.

Zuckerberg - Mehl – Bucheckernöl

Einmal, der Krieg war gerade zu Ende, überall herrschte noch Chaos, Lebensmittel gab es kaum und vor allem Zucker, Mehl und Öl waren Mangelware. Da erfuhr unsere Mutter, dass in den Kellerräumen der ehemaligen Zuckerraffinerie Lager mit Rohzucker gefunden und geöffnet waren. Diese Zuckerraffinerie, im Krieg zerstört war nur noch eine Ruine. Es war gefährlich, in dieser Ruine herumzuklettern. Vorallem in die Kellerräume zu gehen. Trotzdem ließ Mutter sofort alles stehen und liegen, nahm ihre Tochter an die Hand und machte sich mit ihrer großen Tasche auf den Weg in die Nordstadt. Vielleicht konnten sie noch etwas von dem wertvollen Zucker bekommen. Als sie an der Ruine der ehemaligen Zuckerraffinerie ankamen, sahen sie schon viele Menschen über die Trümmer klettern. Die beiden suchten sich auch einen Weg durch die Trümmer. Das wargefährlich, man wusste nie, ob nicht irgendein Trümmerstück lose war und auf einen herabfallen konnte oder die Steinbrocken, über die man gerade kletterte, nach unten nachgaben und man in ein tiefes Loch fallen und dabei auch noch von nachfallenden Trümmerteilen verschüttet würde. Das alles passierte immer wieder in den Trümmergrundstücken. Doch die Not ließ alle Ängste vergessen. Der Hunger trieb die Menschen an. Es blieb ihnen nichts anderes übrig, sie dachten oft gar nicht daran, wie gefährlich manches war. Hatten sie doch im Krieg schon so viele gefährliche Situationen überstanden. Mutter und Tochter hatten Glück. Nachdem sie durch das Trümmergewirr geklettert waren, fanden sie ein Loch, das einmal ein Eingang in einen Keller gewesen war. Andere Menschen hatten es noch nicht bemerkt. Flink kletterten die beiden hinein. Als sie sich an die Dunkelheit gewöhnt hatten, rissen sie die Augen auf und staunten: In diesem Kellerraum lag ein riesiger Zuckerberg. Er reichte die Wand hoch bis zur Decke. Schnell schaufelten sie mit ihren Händen den wertvollen Zucker in ihre große Tasche. Sehr froh waren sie, dass so viel in diese große Tasche hineinpasste. Welch eine Freude, denn davon konnten sie viele Kuchen backen und Pudding für die Kleinen kochen.

Mehl

Für das Mehl, das sie ebenfalls brauchten, gingen sie abends oder ganz früh morgens, nachdem das Getreide eingefahren war, auf die Felder und suchten die herunter gefallenen und liegengebliebenen Ähren auf. Damals nannte man das „Ähren-stoppeln". Das war zwar eigentlich verboten, aber der Hunger zwang die Menschen, diese Verbote zu umgehen. Man durfte sich nur nicht erwischen lassen. Die Körner aus den Ähren wurden zuhause in der alten Kaffeemühle zu Mehl gemahlen. Dieses Mehl brauchte man nun nicht mehr wie im Krieg mit Sägespänen zu strecken. Ebenso fand manche Zuckerrübe, die am Feldrand vergessen liegengeblieben war, den Weg in die Taschen und Rucksäcke der Menschen. Sie wurden zerhackt und lange gekocht, um daraus den dunklen, schmackhaften und süßen Sirup zu kochen. Ein beliebter, süßer Brotaufstrich.

Bucheckernöl

Zum Kuchenbacken brauchte man auch noch Fett. Butter und Margarine gab es nicht in der Stadt. Doch es gab alles in der Natur, im Wald. Im Spätsommer ging die ganze Familie, nebst Oma und Opa mit kleinen und größeren Behältern in den Wald und sammelte Bucheckern. Eine mühsame Arbeit war das. Die meisten der kleinen Bucheckern lagen unter dem herabgefallenden Laub und waren gar nicht so leicht zu finden. Und, bis so ein „Pöttchen" voll war, mussten die Finger der Großen und Kleinen lange suchen und Bucheckern aufklauben. Auch die Kleinsten durften schon mithelfen. Ihnen war dieses „Spiel" nach einiger Zeit langweilig. Sie wollten nicht immer die Augen auf dem Boden halten und die braunen nicht leicht zu findenden Bucheckern auflesen. Lieber spielten sie mit anderen Kindern im Laub oder hörten den Vögeln zu. Doch immer wieder wurden sie von den „Großen" ermahnt, ihre kleinen „Pöttchen" ganz voll zu lesen, damit dann zuhause aus dem Öl ein Kuchen entstehen konnte. So krochen die Kinder und die Erwachsenen durch das

braune Laub im Wald und mühten sich tage-
lang ab, die kleinen Samen zu finden. Nicht
immer war das Wetter günstig, manchmal
war es feucht und kalt und die kleinen Finger wurden schnell klamm und konnten die
kleinen Samen kaum aufheben. Es war wirklich eine mühsame Arbeit. Wenn man dann
stolz mit seiner „Ernte" nachhause zurück-
kehrte, wurde am nächsten Tag dieser „Ern-
tesegen" zu einer Stelle gebracht, in der die
Bucheckern aus ihrer Hülle gelöst und die
Kerne zu Öl gepresst wurden. Mit einem
ganzen Sack Bucheckern ging unsere Mutter
hin und zurück kam sie mit „einer" Flasche
Öl. Das war für uns kleine Mädchen kaum
zu glauben, hatten wir uns doch so viel
Mühe gegeben, bei dieser langweiligen Arbeit zu helfen und das war der Lohn, nur
„eine" Flasche Öl. Doch Mutter tröstete uns.
Aus dieser einen Flasche konnte sie, wenn
sie sparsam mit dem Öl umging, einige Kuchen backen. Und auch die geliebten Bratkartoffeln, in dem nussigen Bucheckern Öl
gebraten, würden uns Kindern einige Male
schmecken. Diese Bratkartoffeln waren in
dieser Zeit, wo es so selten Leckereien gab,
ein Hochgenuss für die ganze Familie.

Ziegenschmaus

In den Kriegsjahren zog meine Tante mit ihrer Familie in ein Dorf auf dem Land. In der Nähe unserer Stadt lebte die Freundin meiner Tante in diesem Dorf auf einem Bauernhof. Der Hof war groß und konnte gut noch eine Familie mit zwei kleinen Kindern aus der Stadt aufnehmen. Hier waren sie sicher vor Bombenangriffen und sie hatten auch besser zu essen als in der Stadt. Meine Cousine, damals gerade eineinhalb Jahre alt, wurde zum Schlafen in ihrem Kinderwagen oft hinaus in den Garten gestellt. Der damalige Kinderwagen saß dicht auf den Rädern und der Innenraum war tief. Auch wenn es saß, konnte ein Kind nicht herausfallen. Meine Tante dachte, in diesem hohen Kinderwagen wäre die Kleine sicher und könnte in der guten Luft im Garten auch gut schlafen. Doch es kam ganz anders. Meine Cousine, immer schon ein aufgewecktes, neugieriges Kind, wollte gar nicht schlafen. Sie schaute wissbegierig über den Rand ihres Kinderwagens in den blühenden Garten hinein und beobachtete, was sich so um den Kinderwagen rundherum bewegte.

Auf dem Bauernhof lebten auch einige Ziegen. Große, starke, sehr neugierige Tiere. Manch einer hatte Angst vor diesen großen Tieren. Sie liefen überall frei herum, fraßen alles, was sie erreichen konnten, und waren kaum zu bändigen.

Einmal gerieten sie in den Garten, in dem die Wäsche zum Trocknen in der Luft flatterte. Die neugierigen Ziegen fanden diese weißen flatternden Dinge wohl interessant und fingen an, an der Wäsche zu knabbern. Gottseidank kam gerade die Bäuerin in den Garten, um die Wäsche zu holen und scheuchte die Ziegen fort.

An einem anderen Tag hängte meine Tante gerade im Garten Wäsche auf und war wohl ganz in Gedanken vertieft. So merkte sie gar nicht, dass jemand in ihrem Rücken an der Schleife ihrer Schürze knabberte. Erst, als ihr die Schürze vorne locker hin und her schaukelte, fasste meine Tante nach hinten, um die Schleife neu zu binden. Doch da war keine Schleife mehr, nur die feuchte Nase einer Ziege. Die hatte bereits die ganze

Schleife aufgefressen. Ziegen haben wohl einen besonderen Magen.

An dem Tag, als meine kleine Cousine in ihrem Kinderwagen im Garten schlafen sollte, es aber nicht tat, fanden die Ziegen wieder den Weg in den Garten. Neugierig wie immer beschnupperten sie den Kinderwagen, der da vor ihnen stand. Der Rand des Kinderwagens war rundherum weich gepolstert. Hier bissen die Ziegen zuerst hinein. Leicht ließ sich die weiche Masse abknabbern und das schien den Ziegen zu gefallen. Immer weiter knabberten sie an dem weichen Rand des Kinderwagens herum. Es gab eine ganze Menge Weiches zu fressen. Meine kleine Cousine saß mitten in diesem Getümmel, krähte lustig vor sich hin und freute sich, so nah Tiergesellschaft zu haben. Sie patschte mit ihren kleinen Händchen auf den Rand und auf manche Ziegennase, die sich dadurch aber nicht stören ließ. Die Kleine freute sich an dem munteren Treiben der Ziegen. Irgendwann kam meine Tante in den Garten, um nach dem „schlafenden" Kind zu sehen. Was sie allerdings sah, ließ ihr das Blut stocken. Mit Riesenschritten eilte sie in den Garten, scheuchte die Ziegen vom Kinderwagen weg und sah dann die Bescherung. Der ganze weiche Rand des Kinderwagens war inzwischen abgeknabbert. Doch dem Kind war nichts geschehen. Es saß in seinem Wagen, brabbelte fröhlich vor sich hin und freute sich über die lustigen Ziegen. Diese Ziegen haben noch so manchen Streich verübt. Sie waren einfach nicht in ihrem Gehege zu halten. Irgendwie fanden sie immer wieder einen Durchschlupf und strebten in die Freiheit.

Abendessen auf dem „Brockenblick"

In den Jahren nach dem Krieg war es in meiner Familie üblich, bei schönem Wetter das Abendbrot in einen Korb zu geben und sich auf den Weg zum Galgenberg zu machen. Gleich hinter dem Kriegerdenkmal begann der lange „schwarze Weg" in den Wald hinein. In vielen Kurven schlängelte sich dieser Weg durch den Wald. Ein bisschen schräg war der Weg in den vielen Jahren geworden. An einer Seite, wo das Laub sich gesammelt hatte, wurde er ein wenig höher und auf der anderen Seite fiel er zum Abhang hin ziemlich ab. Man musste aufpassen, nicht zu nah an den Rand dieser Seite zu kommen, denn es konnte sein, gerade bei feuchtem Wetter, dass man abrutschte. Sehr steil war es nicht, doch es reichte, um auf dem modrigen, schlammigen Waldboden einige Meter hinunterzufallen. Dieser Weg, auch „Elefanten-Weg" genannt, weil er kein Ende nahm, zog sich immer weiter durch den Wald, bis er sich an einer Stelle teilte. Ein Teil des Weges führte geradeaus weiter, der andere Teil bog ab, wechselte nach einigen

Metern wieder die Richtung und verlief dann parallel zu dem anderen. Der rechte Teil war für uns der interessantere, denn er führte zum „gelben Aussichtsturm". Noch um die Jahrhundertwende 1900 gebaut, war dieser Turm inzwischen von den umstehenden Bäumen überragt und man konnte nur noch an einer Stelle ins Weite schauen. Außerdem war er etwas verwahrlost. Aber für uns Kinder bedeutete er Abenteuer, denn er hatte auf jeder Etage Öffnungen, die bis zum Boden reichten, ohne Fensterscheiben und kaum abgesichert. Ganz nah an die Öffnungen heranzugehen und sich auch noch in die Öffnung zu stellen, war eine Mutprobe. Ein ganz Mutiger (oder Übermütiger?) machte in der Öffnung der oberen Etage einen Handstand!!! Den anderen Kindern lief ein Schauer über den Rücken, als sie es sahen. Das war dann doch des Guten zu viel. An diesem Aussichtsturm bog der Weg wieder nach links ab und führte geradeaus direkt zur Waldgaststätte mit dem großen Namen „Brockenblick". Ob von dieser Stelle jemals der Brocken im Harz gesehen worden war? Wer weiß es schon. Diese Gaststätte war eingerichtet wie ein Jägerhaus, die Wände rustikal und dunkel holzgetäfelt. Viele Jagd-Trophäen hingen über der Täfelung an den Wänden. Im großen Raum standen lange Holztische und Stühle. Die lange, hölzerne Theke und der große Schrank dahinter zogen schon beim Eintreten alle Blicke auf sich. Sie wirkten so beeindruckend und einmalig durch ihre wunderbaren Schnitzereien

Das Schönste an dieser Gaststätte jedoch war der Garten rund herum. In vielen Terrassen zog er sich hinunter bis zur Balustrade. Die Plätze an der unteren Balustrade gaben den schönen Blick in das „Innerste-Tal" frei. Grüne Hecken schützten die einzelnen Tische und Stühle auf den Terrassen und sorgten so für einen Blickschutz, so dass jede Tischgruppe eine eigene Nische mit Ausblick hatte. Jede Familie konnte so ungestört durch die Blicke der Nachbarn ihre Mahlzeit genießen. Wir Kinder spielten zwischen den Hecken auf dem mit Kies bestreuten Boden. An einer Gartenseite gab es noch eine Veranda mit großen bis zum Boden reichenden Fenstern. Dort konnte man auch bei weniger gutem Wetter fast im Freien sitzen. Sonntags spielte hier eine Musikkapelle zur Unterhaltung.

Es war in der damaligen Zeit üblich, dass die Familien ihr mitgebrachtes Abendbrot verzehren durften. Nur die Getränke wurden in der jeweiligen Gaststätte gekauft. In der Nische wurde dann unser Korb mit den belegten Broten, den Gurken und Äpfeln und was unser Garten sonst noch so hergab, ausgepackt. Die Erwachsenen bestellten ein großes oder kleines „Helles" oder ein Malzbier und wir Kinder durften uns eine ganz besondere Brause bestellen. Das Schönste für uns, denn diese Brauseflaschen aus dickem grünem Glas wurden mit einer „Kugel" geschlossen. Um die Flasche zu öffnen, musste man diese Kugel in die Flasche hineindrücken. Sie blieb dann in einer Aussparung hängen und so konnte man die rote oder die besonders beliebte grüne Brause trinken. Die Glaskugel konnte immer hin und her bewegt werden und diese Flasche war gleichzeitig ein Spielzeug für uns Kinder. Außerdem waren diese Glaskugeln sehr begehrt, denn wir konnten sie als „Murmel" nutzen. „Murmeln" das war ein sehr beliebtes Kinderspiel in der damaligen Zeit. Doch davon ein anderes Mal.

Schulfest auf der „Brockenblickwiese"

Zu dieser Gaststätte „Brockenblick" gehörte noch eine sehr große Wiese mitten im Wald. Diese Wiese wurde von den Schulen der ganzen Stadt als Austragungsort für ihre Sommerfeste genutzt.

Es war üblich, dass sich im Hochsommer an einem Tag kurz vor den großen Ferien alle Kinder der jeweiligen Schule im Schulhof versammelten. Jede Klasse bekam ein großes mit Blumen umkränztes Schild mit der Klassenbezeichnung, z.B. 1 B. Die Kinder stellten sich zu zweit hinter ihrem Klassenschild auf. Eine Musikkapelle war engagiert, zog mit fröhlichem Spiel vor ihnen her und alle Kinder folgten erwartungsvoll. Ein langer „Lindwurm" zog nun durch die Straßen. Kam der Zug dann an der sogenannten „Acht" an, einer Grünanlage, die sich vor dem Kriegerdenkmal den Hang hinaufzog und wie eine liegende Acht aussah, teilte sich der Zug und führte an beiden Seiten auf den Wegen rund um die bauchige „Acht" herum zum Kriegerdenkmal. Hier kam er wieder zusammen, um dann den langen Weg durch den Wald bis zur Wiese beim „Brockenblick" entlangzuziehen. Es dauerte eine längere Zeit, bis der Zug auf der Wiese angekommen war. An einer Seite der Wiese waren lange Reihen Tische und Bänke aufgestellt. Hier fand jede Klasse ihren reservierten Platz. Zuerst gab es Kakao und Kuchen zur Stärkung nach dem langen Weg. Dann wurde es sportlich. Alle Klassen nahmen an unterschiedlichen Spielen teil. Je nach Alter einfache oder herausfordernde. Einige Klassen hatten vor dem Schulfest in vielen Stunden Volkstänze eingeübt. Die wurden nun vorgeführt und alle Schülerinnen waren stolz, wenn ihr Tanz von den Zuschauern mit Applaus bedacht wurde. Der Nachmittag war ausgefüllt und die Kinder mit vielerlei beschäftigt. Langsam kam der Abend heran und es wurde Zeit, den Heimweg anzutreten. Nach diesem erfüllten, schönen Nachmittag waren die Kinder vom Herumtollen und von den herausfordernden Spielen müde geworden. Nun stellten sich die Schülerinnen und Schüler wieder hinter ihren Klassenschildern auf. In den mitgebrachten Lampions wurden die Kerzen angezündet. Ein leuchtender Zug bewegte sich durch den dunkler werdenden Wald zurück zur jeweiligen Schule. Wunderschön sah es aus, wenn so ein leuchtender „Lindwurm" der Kinder in ihren hellen Kleidern und den bunt schimmernden Lampions die „Acht" in zwei Reihen herunter kam. Mit Musik und Gesang und fröhlichem Lachen. Die Menschen, die in der Feldstraße wohnten, schauten jedes Mal aus ihren Fenstern, um dieses wunderschöne Schauspiel zu sehen. Das war der Höhepunkt des Schuljahres für jedes Kind.

Hier können Familien Kaffee kochen

In diesen Jahren gleich nach dem 2. Weltkrieg hatten die Menschen noch mit vielem zu kämpfen. Sie konnten sich viele Dinge noch nicht wieder leisten. Aber nach dem Schrecklichen, das sie durchlebt hatten, war es ein großes Bedürfnis, wieder mal fröhlich zu sein und raus aus dem tristen Alltag zu kommen. Die Unternehmungen durften nicht viel kosten und so war es üblich, Wanderungen zusammen zu unternehmen. Als Ziel wurde oft eine Gaststätte, meistens am Waldrand gelegen, aufgesucht. Kuchen wurde selbst mitgebracht. Kaffee konnte man in einigen dieser Ausflugslokale selber kochen. Und das ging so:

Am Eingang dieser Gaststätten hing ein großes Schild, das darauf hinwies:

„Hier können Familien Kaffee kochen".

Das bedeutete, man kehrte hier ein und brachte sowohl seinen Kuchen als auch das Kaffeepulver, meistens Malzkaffee, selbst mit. Nur eine große Kanne heißes Wasser wurde bestellt. Wenn sie gebracht wurde, gab man sein mitgebrachtes Kaffeepulver hinein und hatte so nach einigen Minuten den eigenen Kaffee. Natürlich musste das heiße Wasser bezahlt werden. Schließlich wurde dafür Heizmaterial verbraucht. Doch sowohl die Gaststätten als auch die Besucher hatten etwas davon, denn meistens bestellten die Männer noch ein Bier hinterher oder die Kinder bekamen eine Brause. So konnten die Familien im Grünen sitzen, die schöne Natur genießen und es kostete nicht viel. In den zerbombten Städten gab es oft weder Gärten noch andere Grünflächen. Sie waren meistens noch mit Schutt bedeckt. Bäume hatten oftmals ihre unteren Äste verloren, weil diese im Winter für die Öfen abgesägt worden waren. Außerdem lebten die Menschen sehr beengt. Mussten die wenigen Zimmer, die nicht zerbombt waren, auch noch mit Ausgebombten oder Flüchtlingen geteilt werden. So war es ein schöner Brauch, mit der ganzen Familie eine kleine oder größere Wanderung zu unternehmen und dann in einer Gaststätte einzukehren, die im Grünen gelegen war. Hier konnte man auch mit einem kleinen Geldbeutel einkehren Manch ein Kuchen wurde weit getragen, um dann in herrlicher grüner Umgebung von Alt und

Jung mit Genuss verspeist zu werden. So wurden Geburtstage oder andere Feiertage mit Familie und Freunden im Grünen begangen. Die Kinder konnten unbeschwert spielen und die Erwachsenen in Ruhe zusammensitzen und beim Kaffeetrinken und Plaudern die Erlebnisse der schweren Kriegsjahre ein wenig vergessen.

Rodeln in der Kinderzeit

Das größte Vergnügen für uns in der Kinderzeit war im Winter das Rodeln. Es lag meistens genug Schnee, um den Rodelschlitten aus dem Keller zu holen. Wenn am Nachmittag die Hausaufgaben für die Schule gemacht waren, sammelten wir Kinder uns auf der Straße und zogen mit unseren Schlitten zum Rodeln. In den Jahren nach dem Krieg gab es noch nicht wieder alles zu kaufen, was man als Winterausrüstung an Bekleidung und Schuhwerk brauchte. So waren auch wir mit sehr unterschiedlichem Schuhwerk ausgestattet. Ich hatte senfgelbe Halbschuhe mit sehr glatten Ledersohlen. Bei höherem Schnee bekam ich immer die Schuhe von oben voll Schnee. Doch das war nicht das Schlimmste. Mit den glatten Ledersohlen konnte ich keinen Hügel hinaufkommen. Ich rutschte gnadenlos ab. So blieb mir nichts anderes übrig, als mich an einen der Schlitten hinten anzuhängen und mich jedes Mal von anderen Kindern den Hang hinaufziehen zu lassen. Das war umständlich und lästig, doch wir nahmen es hin und es fand sich immer jemand, der mich nach oben zog. Meine Cousine hatte ebenfalls merkwürdige Schuhe. Es waren „Überschuhe" aus Gummi gefertigt, die man eigentlich bei Regenwetter über die normalen Schuhe anzog. Man trat in die Stiefeletten mit den Straßenschuhen hinein und köpfte mit einem seitlichen Knopf die Schuhe zu. Allerdings waren diese Schuhe viel zu groß für ihre Kinderfüße und so stülpte sich die Spitze vorn nach oben. Nun sahen sie aus wie Schnabelschuhe. Meine Cousine musste sehr aufpassen, dass sie nicht über die Spitzen stolperte. Doch die Sohlen waren griffig und rutschten nicht. Damit war sie im Vorteil und kam jeden Hang selbstständig hinauf. Uns Kindern machte das nichts aus. Wir waren froh, überhaupt Schuhe zu haben. Bei jedem war irgendetwas anders als es sein sollte, und so scherte sich keiner darum, wie man aussah. Die Hauptsache war, wir konnten den ganzen Nachmittag draußen sein und rodeln. Zuerst musste die „Acht", eine Anlage in Form einer liegenden Acht vor dem Kriegerdenkmal, bezwungen werden. Nachdem wir einige Male den steileren oberen und den sanfteren unteren Hang der „Acht" hinuntergerodelt waren, ging unser Weg weiter zur Bismarckwiese. Das war die nächste Herausforderung, denn diese Wiese fiel seitlich schräg ab und so mussten wir auch schräg über zwei nacheinander folgende Absätze fahren. Hatten wir genug Schwung, konnte wir auch schon mal „abheben" und der Schlitten sprang über den Absatz. Das machte uns besonders viel Spaß. Hatten wir hier genug gerodelt, ging unser Weg weiter zur „Gretchenkuhle". Der Weg, der zur Gretchenkuhle hinunterführte, wurde gleich mit Schwung und einem Hüpfer in die steilere Gretchenkuhle hinuntergefahren. Am unteren Ende der Gretchenkuhle mussten wir sehr aufpassen und abbremsen, sonst landeten wir auf der Autostraße. Was nicht ungefährlich war, denn wenn die Straße auch nicht so viel befahren wurde, kamen doch immer mal wieder Autos, die zu einer beliebten Ausflugs-Gaststätte. dem „Galgenberg-Restaurant", fuhren. Hatten wir auch hier genug, gab es als große Steigerung noch die zwei Rodelbahnen. Extra angelegte Bahnen zum Rodeln. Es gab eine große Rodelbahn und eine kleine. Beide hatten so ihre Tücken. Die große Rodelbahn war die gefährlichere. Sie begann auf der anderen Seite der Straße auf einem hohen, steilen Hang. Hier wurde gestartet und die Fahrt wurde sogleich schnell. Zur Sicherheit musste immer jemand an der Straße stehen und die Bahn frei geben, wenn kein Auto kam. Dann ging es mit schnellem Tempo und einem Satz über die Straße auf den anderen Teil der Rodelbahn. Tückisch war in diesem Teil eine Kuhle in der Mitte der Bahn. Da mussten wir durch, um dann weiter unten in eine hoch ausgebaute Linkskurve einzufahren. Diese Kurve war zwar gut ausgebaut, doch wenn wir mit zu viel Schwung ankamen, konnte es passieren, dass wir über die Kurve hinausschossen und dahinter über eine Straße und im Zaun eines Gartens landeten. Doch gerade diese Herausforderung war der große Spaß für uns Rodler und auch für die Zuschauer. Neben der großen Rodelbahn gab es noch die sogenannte „kleine" Rodelbahn. Sie begann nicht auf der anderen Seite der Straße, wie die große Rodelbahn, sondern man startete auf einem kleineren Hügel, der direkt am Anfang der Bahn gebaut war. Dadurch brauchten wir die Straße nicht zu überqueren. Da die meisten diese

Bahn wählten, war sie im Mittelstreifen meistens total vereist und wurde deshalb sehr schnell. Auch sie hatte unten eine hochgezogene Kurve und ebenso wie beim Auslauf der „Großen" konnte es auch hier passieren, dass wir über die Kurve hinausschossen und im Zaun eines Gartens landeten. Sehr „zur Freude" der Gartenbesitzer, die meistens im Frühling erst einmal ihre Zäune wieder reparieren mussten. Diese beiden Rodelbahnen waren die Attraktion der ganzen Stadt. Wenn am Wochenende schönes Wetter war und guter Schnee lag, pilgerten sehr viele Schaulustige aus der Stadt zu den Rodelbahnen. Hier gab es immer viel zu staunen und auch zu lachen. Mutige fuhren auf dem Bauch die Bahnen hinunter. Manche fuhren sogar zu zweit auf dem Schlitten. Dann lag einer bäuchlings und ein anderen saß auf seinem Rücken. Das war bei dem Tempo, das man auf der Bahn bekam, schon eine große Mutprobe. Dann gab es noch die sogenannten „Bobs". Da wurden mehrere Schlitten aneinandergebunden. Sie mussten sehr gut gelenkt werden, damit sie nicht drehten oder ganz aus der Bahn schossen. Sehr zum Gaudi der

Zuschauer. Oder wenn Schlitten umkippten und die Fahrenden hinunterfielen und auf dem Eis langschlitterten. Dann gab es immer etwas zum Lachen. Doch aufpassen mussten auch die Zuschauer, die auf den hohen Kurven standen. Denn öfters wurde ein Schlitten aus der Bahn getragen und raste über den Wall und zwischen den Zuschauern hindurch auf die andere Seite. Dabei gab es auch Unfälle, wenn Zuschauer nicht schnell genug reagierten und der Schlitten ihnen zwischen die Beine fuhr. Ein Sanitätsauto war an schönen Sonntagen vorsorglich schon in der Nähe postiert. Auf dem Rückweg fuhren wir alle Bahnen noch einmal. Und, wenn es vom Schnee her möglich war, fuhr unsere Schlitten-Karawane bis vor unsere Haustür. Noch eine Bahn darf nicht unerwähnt bleiben. Die „Todesschlucht". Sie lag gleich hinter der Bismarckwiese und war eine sehr steile Bahn, die durch eine Schlucht führte und auf der anderen Seite genauso steil wieder hochkam, bis sie an einem quer laufenden Waldweg endete. Schwierig war sie deshalb, weil sie schmal war und zwischen hohen Bäumen hindurchführte. Diese schmale Bahn zu treffen, nicht falsch zu lenken und einen Baum zu „umarmen", war wirklich eine Herausforderung. Es musste auch ein bestimmtes Tempo gefahren werden, sonst wäre man auf der anderen Seite nicht hoch auf den Waldweg, auf dem ausgefahren werden konnte, gekommen. Der Schlitten würde rückwärts wieder zurück in die Schlucht rutschen und könnte an einem Baum landen. Die Bäume waren nicht mit dicken Matten gesichert und so mancher Schlitten überstand das Treffen nicht und ging zu Bruch. Es gab immer wieder größere und kleinere Unfälle. Deshalb war uns das Befahren der „Todesschlucht" von unseren Eltern streng verboten. Was wir jedoch nicht immer befolgten. Denn es war schon eine Mutprobe, wenigstens einmal hinunterzufahren. Für die Jugendlichen war der größte Kick, diese „Todesschlucht" auf dem Bauch mit dem Kopf voran, dem sogenannten „Bauchklatscher" zu befahren. Leider gab es auch dabei sehr schwere Unfälle. Die Bahn hieß eben nicht umsonst „Todesschlucht". Bei Einbruch der Dunkelheit sollten wir Kinder wieder zuhause sein. Leider haben wir das öfters verpasst. Denn wenn wir auf der Rodelbahn waren, war es noch hell. Und der

Weg zurück nachhause war doch etwas weit. Schließlich mussten noch die anderen Rodelhänge zurück befahren werden und da kam die Dunkelheit oft viel schneller als wir Kinder es einschätzen konnten. Zu unserem Leidwesen verstanden die Eltern das gar nicht und es gab immer mal wieder ein „Donnerwetter". Doch der nächste Rodel-Nachmittag kam wieder schnell und alles war vergessen.

Enttäuschung beim Einkauf

„Evi, kommt mal an die Haustür", rief die Mutter. Evi spielte gerade mit ihren Freundinnen im Garten. Sechs Jahre war sie alt und gerade in die erste Klasse der Volksschule gekommen.

„Ich spiele doch gerade so schön", maulte Evi. Doch die Mutter winkte kurzangebunden und Evi folgte lieber, bevor es ein Donnerwetter geben würde. Die Mutter gab Evi eine Milchkanne und etwas Geld in einer kleinen Geldbörse. Dazu etwas, das ganz wichtig war und auf das Evi gut aufpassen sollte, die passenden Lebensmittelmarken. Ohne diese Lebensmittelmarken bekam in der Nachkriegszeit niemand auch nur irgendwelche Lebensmittel. Auch für andere Dinge des täglichen Lebens benötigte man Bezugsscheine oder entsprechende Marken. Ausreichend für die Versorgung waren diese Lebensmittelmarken nicht. Zwar bekamen die Menschen unterschiedliche Marken, junge Mütter mit kleinen Kindern bekamen größere Anteile, schwerarbeitende Männer bekamen wieder andere Zuteilungen. So war die Zuteilung der noch immer nicht ausreichend vorhandenen Lebensmittel oder auch Bekleidung, Schuhe usw. einigermaßen gerecht geregelt. Meinten die Behörden.

Die kleine Evi hüpfte fröhlich die Straße hinunter, schlenkerte die Milchkanne hin und her. Jetzt konnte sie das noch, doch wenn erst einmal die Milch darin wäre, ging das natürlich nicht mehr. Unten, am Ende der Straße querte eine Bahnlinie die Straße. Doch die Schranken waren geöffnet und Evi hopste über die Schienen und war gleich an dem kleinen Milchlädchen angekommen. Doch oh weh, schon vor der Tür stand eine Menschenmenge in einer längeren Schlange. Da hieß es anstellen und geduldig warten, bis man an die Reihe kam. Evi stellte sich hinten an. Nach und nach rückte die Schlange etwas vor. Evi sah schon die zwei Stufen, die in das Lädchen hineinführten. Doch noch waren einige Frauen vor ihr. Als Evi nun in das schmale, hohe Schaufenster blickte, wurden ihre Augen immer größer. Da lag etwas in der Mitte der Auslage, das zog ihren Blick magisch an. Etwas Rundes, schimmernd Weißes. Wie mit einer samtigen Haut überzogen, lag dieses runde Etwas da und fesselte Evis Blick. Wieder kam eine Frau aus dem Laden und alle rückten weiter zur Tür des Ladens vor. Evi stand nun vor den Stufen. Doch sie kniete sich auf die breite Steinbank vor dem Fenster und hatte nur Augen für dieses schimmernde, weiße, runde Ding.

„Was das wohl ist?", fragte sie sich. Gesehen hatte sie so etwas noch nie. Wie sollte sie auch. Die entbehrungsreichen Kriegsjahre lagen gerade erst hinter den Menschen. Da war man froh gewesen, Ersatz für alles möglich zu finden. Ersatzkaffee, anstatt Bohnenkaffee. Sägespäne musste das Mehl strecken, um Brot oder Kuchen backen zu können. Und noch vieles andere wurde „ersetzt". Nun musste sich Evi von diesem wunderbaren Anblick losreißen, denn sie konnte in den kleinen Milchladen eintreten und war bald an der Reihe. Die freundliche Milchhändlerin fragte:

„Na, Evi, was möchtest Du denn heute?"

„Milch, einen Liter", stotterte Evi und warf immer wieder einen Blick in das Schaufenster. Jetzt konnte sie das runde weiße Ding noch viel besser sehen als von draußen durch die Scheibe. Die Milchhändlerin nahm die Kanne, die Evi ihr reichte, maß die Milch ab und füllte sie in die Kanne.

„Hast du auch Geld dabei, Evi?" Fragte sie. Evi reichte ihr die kleine Geldbörse über die Ladentheke.

„Und die Marken für die Milch, wo hast du die?" Evi hatte sie in die Tasche ihres Kleides gesteckt und gab sie nun der Frau hinter dem Tresen. Evi bekam ihre Milchkanne, nahm sie vorsichtig in Empfang, nickte der freundlichen Frau zu und ging an den wartenden Frauen vorbei nach draußen. Hier blieb sie stehen. Sie konnte einfach noch nicht nachhause gehen. Das weiße, runde, schimmernde Ding im Fenster ließ ihren Blick nicht los. Wieder kniete sich Evi auf die breite Steinkante vor dem Schaufenster.

„Ich hätte doch die freundliche Milchhändlerin fragen könne, was dieses weiße runde Ding ist," überlegte sie. „Ob ich nochmal hinein gehen soll und sie fragen? Wenn ich mich doch nur trauen würde. Aber vielleicht lacht sie mich nur aus. Ich hätte so gerne ein kleines Stückchen von diesem weißen Ding, was es auch ist." Evi überlegte hin und her, sah immer wieder sehnsuchtsvoll in das Schaufenster. Dann auf einmal gab sie sich einen Ruck.

„Wenn ich mich jetzt nicht traue, mach ich es gar nicht mehr." Sie stand von der Steinfensterbank auf, schob sich an den wartenden Frauen vorbei, murmelte,

„Ich hab noch was vergessen" und ging wieder in den Laden hinein.

„Na, Evi, hast du noch etwas vergessen?" fragte die Milchhändlerin.

„Ja, ich hätte gerne ein Stück von dem Weißen, Runden, da im Schaufenster."

„Das ist ein CAMENBERT, Evi. Hat deine Mutti dir denn gesagt, du sollst davon etwas mitbringen?"

„Was ist ein Camenbert?" Dieses Wort hatte Evi noch nie gehört.

„Das ist ein französischer Käse." Die Milchhändlerin schmunzelte über Evis Unwissenheit.

„Geld habe ich," Evi reichte der Milchhändlerin ihre kleine Geldbörse über den Tresen.

„Hast du denn auch Lebensmittelmarken dafür?" fragte etwas strenger die Milchhändlerin.

„Lebensmittelmarken?" Evi war ganz verwirrt. Wozu sollte sie denn dafür Marken haben?

„Ja, Evi, die brauchst du unbedingt, sonst kann ich dir leider kein Stück vom Camenbert geben. Für alle Lebensmittel braucht man die entsprechenden Marken. Die bekommt deine Mutti zugeteilt und man kann nur das kaufen, wofür man auch die Marken hat." Vollkommen enttäuscht ließ Evi den Kopf hängen. Daran hatte sie gar nicht gedacht. Und nun musste sie auch noch an der langen Schlange vorbeigehen. Sie schämte sich so sehr. Einen traurigen Seitenblick warf sie noch auf den weißen runden Camenbert im Fenster dann ging sie sehr traurig mit ihrer Milchkanne hinaus auf die Straße und nachhause:

ENDE

Danksagung

Mein ganz besonderer Dank gilt meiner Schwester Ursula Luczkowski. Sie hat mit mir viele ihrer Erinnerungen an den Zweiten Weltkrieg geteilt. Meine Schwester ist einige Jahre älter als ich und kann sich noch gut an die Ereignisse erinnern. Auch bei einigen, heute nicht mehr Lebenden, wie meiner Mutter Antonie Luczkowski und meinen früheren Kolleginnen Elisabeth Kolle und Doris Pflüger, sowie der Freundin Elli Leufgen, möchte ich mich herzlich bedanken. Sie haben mir viel von ihren schlimmen Erlebnissen der Kriegszeit erzählt und mich damit tief beeindruckt. Auch wenn sie nicht mehr unter uns sind, sollen ihre Erlebnisse nicht vergessen werden.

Mein Dank gilt auch dem Autor Dieter Kleffner, der mich mit so vielen guten Ideen unterstützt hat, sowie den Mitgliedern von BLAutor, die meine Geschichten so gut aufgenommen, mich beim Schreiben sehr unterstützt und an mich geglaubt haben.

Ebenso möchte ich mich bei meinem Mann H. M. Lorenz bedanken, er hat meine Texte korrigiert und mich immer unterstützt.